虐待

真田涼太
SANADA Ryota

文芸社

またかっ、階段を転げ落ちる夢、まただ。

この夢、もう四回も見ている。

何もなく暇なその日曜日は、すぐにまた夜を迎えた。

「おぉっ、睡眠薬（睡眠導入剤）、飲み忘れとってはいかん。明日は月曜日だし、早く寝ないと……」

自分は入社三年目の営業マン。朝四時に目覚ましを鳴らし、苦手な朝を我慢して起き六時には家を出発する五十代前半の独身男。

ん？　なんで睡眠薬なのかっ？　眠れないからですよ。

ん？　なんで眠れないかっ？

それは………。

コロナ発生の前の年の二〇一九年秋に父の政春が癌《がん》で亡くなり、病室には家族である母と兄と自分の三人がいました。

亡くなって間もない父の体は、まだ少し温かい。最期なので自分は父の肩に触れておくことにしました。そして、兄の明男にも「もう最期だから、温かいうちに触っておけよ」と言うと、明男は少し面倒くさそうな顔をしながらも、一瞬だけ父の腕に触れました。

もう日は暮れていましたが、病院側の協力で寝台車の手配なども進められていたとき、ふと壁を見ると、闘病中の父と病院の看護師さんたちの写真が一枚貼られていました。これは父の最後の笑顔を写したものだったので、自分は近くの看護師さんに、

「この写真のネガ残っていますか？　家族分三枚焼いていただけませんか？」

と尋ねると、

「おい、バカ、そんなもん要らんだろう」

と明男が怒鳴りだしました。

「要らないのか？」

と訊こうとすると、すぐに母の一恵も、

「あんたは何言ってんの、こんなときに」

と自分に詰め寄ってきました。

「じゃあいいわっ、これっ、俺がもらっとくわ」

と壁からはがし、自分はカバンの中にしまい込んだのでした。

数時間後に葬儀屋さんから連絡が入り、黒い寝台車が来ました。父が寝台車に入れられるところを見るのは、初めてでもあり最後でもあります。やはり今でもその光景は目に焼き付いています。

葬儀屋さんとスケジュールの相談をして翌々日に通夜をすることとなりました。

準備がいるので一日延びたのは不幸中の幸いではあったのですが、自分は通夜と告別式の家族の打ち合わせには加わりませんでした。残るたった三人の遺族であるにもかかわらずです。

「第二の地獄」の始まりでした。第一は……?

＊

兄の明男はこれまで四十年以上、弟の自分に対してまともな兄弟のように接してくる人ではありませんでした。

どうやって接してきたか、そう、暴力ばかりふるっていたのです。

ちょうど自分が小学生の頃はカンフー映画全盛の時代でした。

曜日ごとにロードショーやら洋画劇場とかで夜九時から二時間、ときには二夜連続とか二週連続だったでしょうか……。

「少林寺」とか「なんとか拳」とか「なんとかモンキー」とか、海外の強いアクション俳優さんたちの作品です。

明男も大ファンでした。

「今度はいつ観られるんだろう？」

と毎回毎回楽しみにしていた明男を今でも思い出します。

それで子どもって、マネする生き物なんですね。

映画を観終わると明男は、もう自分がそのアクション俳優さんにでもなったかのように、すごい目つきでパンチの練習のような素振りと何やら自己流の構えなんかを楽しんでいるようでした。

ある日、明男は「俺も強くなりたい」と言い、両親に頼み込んで、地元の武道場へ通うようになりました。

映画を観れば観るほど、自分もできるようになりたいと思い、さらに、武道場へ行けば行くほど、誰よりも強くなりたいと切望するようになりました。

空手・柔道・少林寺拳法と、すべてに入門しました。

映画の主役の俳優さんが上半身裸になって、すごい筋肉を見せつけると、これもまた、そうなりたいようで、兄と言ってもまだ小学校低学年の明男は、腕立て伏せ・腹筋運動などを何度も続け、同じ学年の男子児童なんて比べものにならないような、まぁ、ある意味『ハガネ』のような胸板になっていきました。

小学校から帰ってきてから夕飯の時間になるまで、あまりほかのことをしているところを見た記憶が残っていません。

はい。勉強している姿なんて、まったくね。宿題なんて、そんなもん、やったことはないんじゃないでしょうか。

当時の明男の通知表といえば、体育はいつも『5』、美術（図画工作）は『4』か『5』で、国語・算数・理科や音楽などの座学は『1』か『2』でしたね。

あっ、それと、明男の小学校時代のあだ名は『鈍鬼《どんき》』でした。

当時の同級生の方々、お察しします。

ん？　自分は？

自分は格闘技なんかにはまったく興味はなかったです。絵を描いたり何か作ったりの、図画工作全般ができるところへ、習いに通っていました。幼稚園から小学校低学年までね。興味の方向性は真逆でした。

明男は、そのうち通いの武道場での練習だけでは飽き足らなくなり、家に帰ると、その日に覚えてきた打撃法なのか、それをかけたくて、自分を座敷部屋へ引っ張りこみました。

「おいっ、殴らせろっ！」

初めて殴られたのは、幼稚園の頃なのか、小学校低学年の頃なのか、もう覚えがありません。

衣類の上からではありますが、パンチや肘《ひじ》打ち。

明男と三歳ほど年が離れていた自分は、抵抗しようにもどうにもならず、肩・胸・腹・腕と、顔以外のパンチが届く範囲はすべて殴られました。

そりゃあ、痛いですよ。毎晩のように、殴られ、泣く、の繰り返し。

自分も小さいながらに、「あとで自分にも殴らせろ」と口約束をしてみますが、何せ相手は『鈍鬼』ですからね。

子どもの口約束なんて、数分も経てばなかったものも同然。やり返してやろうと、右腕を出してみますが、向こうは年上でしかも格闘技の経験者。こちらはまったくの素人。たまたま明男にパンチを当てたとしても、その三倍にしてやり返してきました。

もうとにかく、こちらはどうしたらいいのか分からない。

痛い。痛い。明男が怖い。明男が憎たらしい。でも、逆らえない。

ん？

そのとき、親はどうしていたのかって？

明男が自分を座敷部屋へ連れ出すときは、まだ外も夕陽が落ちるか落ちないかの時刻。当然、父は夜遅くまで仕事に出ていますし、そこにはいません。

えっ、母親？

止めないんですよ。

キッチンで夕飯を作っていました。

ん？

気づいていない？

長男が次男を殴って、次男は小一の甲高い声で大泣きしていますわ。

一恵は、気づいていました。

止める？

いや、止めない。

スパルタ教育？

違います。

ただ、止めない。

正確に言えば、止める勇気がなかったのです。

小三の長男が小一の次男を殴っていて、次男が大泣きしていても、長男を止められない。

そう、親不適合者です。

このカンフーバカの明男の暴力は、自分の記憶では明男が高校受験に入り込む寸前まで続いていました。

自分が小さすぎてスタート時期が曖昧《あいまい》ですが、のちにある程度は分かってきます。

自分が大声で泣くのは、ご近所ではもちろんバレバレでした。昭和建築のボロボロ、わずかながら傾いていて、夏の夜には戸の隙間から多量に蚊が入り込み、寝不足になる家でしたから、小学校一年生の甲高い声で叫べば、もしかすると道を挟んで向かい側の家にも聞こえていたのかもしれません。

静かな街ですからね。

確かに明男は勉強もせず、武道ばかりしていて、まさに『鈍鬼』でしたが、小学校三年生の子どもです。

説明するまでもなく、一恵あなたは、その親です。

止められませんか？

当時、幼すぎた自分は、その都度、泣かされ、その時間が終わるまで我慢させられていましたが、今思えば、ほんとっ、あなたがあのとき、明男を止めていてくれさえいれば、これから何十年もの長い年月、こちらが苦しまなくても済んだことだと思います。

じゃあ、何をしたか？

政春が仕事から帰ってくると、毎回一恵は、「ほらっ、お父さん帰ってきたよ。あんたたち仲良くしてないと、お父さんに叱られるよ」と声をかけるのでした。

この世で一番最低な躾《しつけ》方法でしたね。

隠滅です。

当然、明男はその号令に従って暴力をやめ、リビングに行ってテレビを観るという流れです。

はい、何ごともなかったかのようにね。

これが、平日はほぼ毎晩。

現在は建て替えられて違っていますが、防音対策などされてはいない真田家では、車庫にはアスファルトも敷いていなかったので、政春が車をバックして車庫に入れようとすれば、ブウ～ンというエンジン音や砂利のはじかれる音が家の中まで丸聞こえです。

そう、その音を聞いて一恵は、政春の帰りを認識していたのです。

政春が玄関の引き戸を開け、「ただいま」と入ってくると、二人はやはり、何ごともなかったぐらいの感じで、「おかえり」となるんです。

政春が、

「また泣いているのか？」

一恵は、

「喧嘩《けんか》ばっかりしているから」

と説明。

（いやいやいやいやいや、違うだろう。あんたの長男が俺を殴って、それで俺が泣いているんだろう）

でも当時、小学校一年生の自分は、そこまでハッキリ言うこともできず、そもそも泣きつぶれている自分にはどうにもできなかったというのが現実。コレの繰り返しでした。

うすうす（おかしいなっ）と気づいていても一恵から「喧嘩」と説明があれば、政春としても一方的に明男だけを叱ることはできなかったでしょうね。

「喧嘩両成敗」。

じゃあ別の日に、政春に話せば良かった？

いやいや、そうではなくて、知らなかったんです。

当時は一恵がちゃんと説明してくれているものだと信じていたんです。

それが普通でしょうし。

でも違ったので、当時は政春も、（喧嘩の後はチビの方が泣くのは仕方がない）ぐらいに思っていたのでしょう。

ん～ん、気づいていたのかもしれませんが、どうなんでしょうか？

気づいていたのならなおさら、(息子たちの兄弟喧嘩というかソレがいつまで続くのか?)と思っていたのかもしれませんし、ソレなら(なぜ自分が帰るよりももっと早く一恵は止めなかったのか?)と呆れていたのかもしれません。

そんな日がずっと続き、明男は好きな格闘技を習い続けました。

一年生も三学期に入ったある日、休みの日に政春の運転で近くの定食屋に行った帰りのこと。

家の前まで車が着こうとしたとき、自分はまだ小さかったので、家に着いたことへの嬉しさから、車が停止する寸前に後部左側のスライド式のドアを開けてしまいました。

それを見た明男は、「まだ早いだろう」と怒鳴り、自分の背中を強く突くように押したんです。

次の瞬間、自分の体は車から出され、道路わきの草が生えているところに落ちていました。

うつ伏せになって顔には草が付いて。

「うぅぅぅ」とうなった後、起き上がろうとしました。

が、子どもながらの違和感で、利き腕とは違う左腕で支えて起き上がりました。

その違和感に、自分の目線を右下のほうに下げていくと、右腕の肘の関節が反対向きに……。

びっくりした自分はその反対向きになっている肘を左手で内側に引っ張り、「ボキッ」という感触と痛みで大泣きして、家の中へ走り込み、布団の中に入りました。

その後、布団の中で何分か何十分か、痛みに堪え切れずに。

小一の終わりに、兄に右腕を折られてしまったのです。

あまりに幼かったので、その日（休日）に緊急で病院へ行ったのか、明けて月曜日に学校へ休みの連絡を入れて朝から行ったのかは覚えていません。


現在（当時も？）では整形外科や接骨院・整体・鍼灸院など漢字ばっかりでかっこいい名称で施設を構えていますが、当時は昭和五十五年、あのときは、まだ舗装されていない砂利の道を何百メートルも、母がこぐ自転車の後ろの補助席に乗せられ、片手でつかまり、砂利のせいで複雑なリズムでバウンドする自転車に激痛を受けながら「ほねつぎ」というひらがなのところに連れていかれました。（ほねつぎの皆さん、失礼）

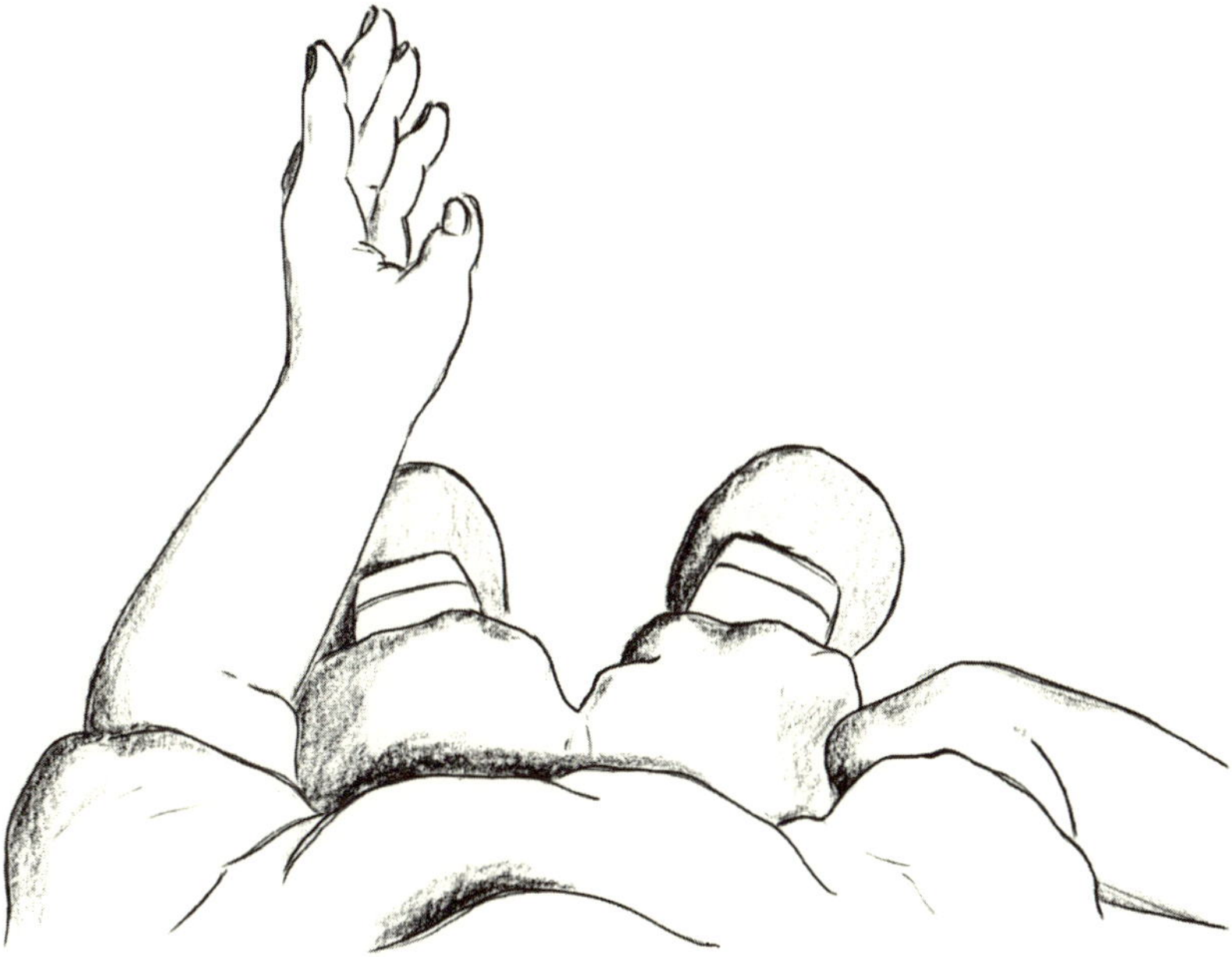

17　虐待

少し暗い部屋の中からおばあちゃんの先生が出てきて、

「あれあれ、腕どうしたの？　さてみせてごらん」

と軽い感じで始まりました。

その暗い部屋に入り、恐る恐る右腕を差し出すと、おばあちゃん先生は明らかに小学生より強い力で両手で自分の右腕を引き寄せ、手のひらが上向きになるようにして腕をまっすぐに伸ばすのでした。

ビクッと体に電気が走り、「ギャーーッ」と叫ぶと先生は、

「折れてるね」

簡単な一言でした。

服の右腕の袖の肘部から下をいきなりハサミで切り落とされ、直角に曲がった冷たくて硬いアルミか何かの棒を腕にくっ付けられ、その上から包帯と白い石膏で塗り固められ、何分か待たされました。

「はい、じゃあ、これで二週間安静ね。お風呂ダメよ。二週間後また来て」

なんとも言いがたい、「おいっ、おれっ、小一の子どもだぞ……」。

小一の子どもにとって、そのアルミか何かと石膏とか包帯が突然加わり、右腕だけが重

いのは相当つらいこと。

(コレで二週間？　本気かっ？)

その翌日から学校へ登校したかどうか？　当然そんなことも覚えていません。覚えているのは、右手で持てないから左手で鉛筆を。箸が持てないから家からスプーンを持参。もちろん左手で。好きな体育の授業は、隅っこで座って見ているだけ。

あぁぁ、かゆい。

石膏の中に左手の中指を突っ込み引っかくが、奥のほうまで届かない。

二週間が長ぃ……。

間もなくその二週間になろうとしていたその日、小学校では『書き方』の授業がありました。

直角に固定されてはいるが、多少は右手も指が自分の指示に従うようになってきていたので、右手で鉛筆を使うことにしました。

やっぱりこっちの手のほうが鉛筆もうまく持てるし、じょうずに書けるなぁ。少しずつ骨がくっついていく右腕に嬉しさを感じていました。本来、周りの子たちのように自由に書けるのが普通かとは思いましたが……。

『書き方』の授業も終わりの時間となり、みんな自分が書いたノートを採点してもらおうと、提出するために並びました。

自分が提出する順番が回ってきました。

担任が、

「真田くん、きみ、コレはどちらの手で書いたの？」

悲しかった。

泣きはしなかったものの、小一の子どもにとって、(何か嘘をついた悪い子が問い詰められるって、こんな気分か)と、とても嫌な気分でした。周りの同級生たちも、じっと自分の顔を見て、(早く答えろよっ)といった表情をしていました。

担任としては、どちらの手で書いたかによって評価が違うから質問しただけのつもりであったのだろうが。

まぁ、これ以上先生を責めてはいけませんね。悪いのはうちの家系ですから。

はい！　二週間が経過しました。

病院（ほねつぎ）へ行って、石膏をかち割り、その冷たくて硬いアルミのようなものを、やっと外してもらいました。

締め付けから解放され、中からゆっくりと血の気を取り戻そうとしている右腕が、二週間分の汚れた垢と汗とそれらによって生まれたと思われるものすごいにおいとともに出てきました。

臭くてたまらん。

久しぶりに空気に触れて、右腕だけ少し寒い。

「まだだよ。まだこれからリハビリだから」

先生が少し笑みを浮かべながら自分の右腕を持ち、手のひらを上向きにしたかと思うと、本来曲げる側の関節の反対方向に引き伸ばそうとしたのです。柔道の関節技で腕を折られるときのあのイメージです。

「ぎゃぁぁぁぁぁぁぁぁ……」

そりゃ泣くだろう。

当たり前です。

小一の子どもなんですから。

いっそのこと、気絶したふりでもしたらソレをやめてくれるか？

そんなことまで考えていました。

と、自分の後ろから、

「大げさにしているだけですから……（そのまま続けてください）」

と、半笑いで一恵が。

今思えば、「あんたは、腕なんて折ったことも折られたこともないだろう。何様だ」と言いたいくらいでした。

ああっ、あのときのおばあちゃん先生の笑みが今でも忘れられません。

子どもを安心させるために笑ってくれていたのは、大人になった今となれば分かるけど、当時はソレを『不敵な笑み』として捉えていたのです。

おばあちゃん先生ありがとう。

全治三カ月。


また、別のある休みの日の昼間、近所の仲間とともに家の近くの無人の神社にいました。

明男もいました。

小学生が六、七人集まって遊ぶ、ってやつです。

その中で明男が一番上級生で、リーダーぶっていましたね。

境内の周りには大きな木が何本も植えてあるのですが、その中でも大きな木の一本の枝にはなぜかロープが結び付けられていました。運動会の綱引きで使うものよりも少しだけ細いロープです。

そこにいた誰かの親が「みんなで楽しく遊べるように」と用意したものなのかどうかは知りませんが。

ターザン遊びが始まりました。

一人が、ほかの子らの頭の位置を超えるほどの高さまでロープで登ると、自然とほかの皆がゆっくり一方向へロープを引っ張り、そしてまた自然に、誰かが「せいの！」と言うわけでもなく、皆の息が合ったところで一斉に手を放すんです。

ぶらぁ～んぶらぁ～んと、皆楽しそうで。当然、中には「ア～アア～～」と、お決まりのターザンの発声で風を切る子もいました。

自分の順番が来ました。

（子どもの遊びはたくさんあって本当に嬉しいなぁ）と思いながら、ロープに手をかけて登っていきました。

　すると、その位置まで登ったとき、

「おいっ、みんなっ、強く引っ張れぇ〜〜」

　明男でした。

　直後、自分の体は、『ブワン』と浮き、反対側に振り子のように揺れると、太い幹に『ガン』とぶつかり、落ちました。

　脳しんとうでしょうか、少しわけが分からない状態となり、次の瞬間、気づいて、泣きました。

　楽しむはずのターザンはおろか、俺は誰に落とされたんだ……。

　兄の明男です。

　さあ、泣いた泣いた。帰ろう、と。

　泣いていたので顔は覚えていませんが、自分の同級生の二、三人が「涼太ごめんね」と駆け寄ってきました。

　明男は？

　何ごともなかったかのように、ほかの子たちに、「次やるぞぉ」と声をかけ、自分のことは無視していました。

自分がいなくなった後、明男と自分の同級生たちは、どんな空気感でターザン遊びをしていたのだろうか。

自分には分かりませんでした。


また別のある日、学校から帰って、家に着こうというとき、わずかの差で明男の方が早く家の玄関前に着いていました。

明男が鍵を開け、戸を開け、中に入ると、すぐさま中から鍵を閉められました。

自分に気づいていないのではなく、いるから閉めたのです。

何を考えて閉めたかは、知りません。

小さな自分は、まだ小さな俺は、割りました。

相撲の〝突っ張り〟のように、右手でガラスを一突き。

大人レベルの判断力はない小さな子が、目の前で家の玄関の鍵を中から故意に閉められると、混乱するのです。

明男は、それを楽しんでいたのでしょうか。

前にも述べたように、当時の真田家は昭和建築。玄関の戸は、もろいガラスのはめ込まれた引き戸です。割れると鋭角で危険なガラスがバリバリになって、落ちている破片と戸の枠に残って落ちていない破片とがあり、すごく細かい光るモノが自分の右手の甲の辺りにのっていました。

やってしまった自分は放心状態。泣きもしない。

ぼおっとしていたら、一恵がどこからか帰ってきました。

「明男、なにっ、何してんのっ……」

「こいつが、割って……」

自分は、

「えっ？」

その日のうちに戸のガラスは張り替えられましたが、自分の手にガラスの破片が入っていないかと、外科に行って診てもらったかどうか、幼すぎて覚えていません。

早生まれの自分は六歳で、明男に対して「お兄ちゃん」という感覚はなかったです。

あぁ、そうそう……。

ここまでは小一での体験です。

これから話すことは、何年生のときと限定することではありません。いろいろありすぎて、どれがいつのことかしっかりと覚えてもいないし、時期は想像で書かれているものもあります。

自分が（きっと）、小学三年生の頃。

それぐらいになると、明男の同級生たちもハッキリしてきて、近所の子以外でも、自分が「鈍鬼の弟だ」ということを認識する子も増えてきました。

イジメです。

説明したように、明男は小学校で「鈍鬼」と呼ばれていただけあって、周りには明男のことを良く思わない敵もいました。

当の本人は気づいてはいなかったでしょうが。

ある日の放課後、呼び出されたか、あちらから来たかは覚えていませんが、二人の男児に自分は両耳を引っ張られ、上へ下へ。一人が右の耳を上へ引けば、もう一人は、左の耳を下へと。オモチャにされました。

泣きませんでした。

いったい何が行われているのかと、理解する前に、二人は行ってしまいました。

耳が痛い。

家に帰って、両耳が赤くなっていることに一恵が気づき、問いただされました。

そのとき初めて、泣けてきました。

一恵が学校へ抗議に出向くと、後日、二人は自分に謝罪してきました。

そのとき初めて知りました。

二人が明男の同級生であることを。

(あぁっ、そういうことね)と思いました。

あの人の弟であることが、どれだけ辛いことかは、毎日のできごとで自覚はしていましたが、まさかそういう角度からも来るとは、想像もしていませんでした。

あと、ふだん明男を叱らないあの一恵が、今回のことでは学校へ出向き、よその子どもに対して抗議するなんていうことも、不思議と言えば不思議でしたね。

(あっ、政春に促されたのかっ)って、すぐに思いました。


そしてまた家の中に戻ります。

痛い。

我慢できない。

耐えられない。

もうどうしようもない。

爆発しました。

ずっと続く明男からの暴力。

座敷部屋と言いましたが、小さな子どもが自分より大きな者に痛めつけられた後、その者に逆らえないと思ったとき、どうするか知っていますか?

モノに当たるんです。

明男からの暴力に限界を覚えた自分は、モノに当たるようになりました。

いつも明男の暴力を受けていたのは座敷部屋でしたので、やるだけやった明男が離れていった後、自分は襖《ふすま》や昭和建築の白い土壁を殴っていました。

押し入れの襖が二枚と隣の座敷部屋に面した襖四枚と白い土壁です。

和風の絵が、いやもう、和風の絵なのかなんなのか分からなくなるまで襖に無数の穴を開け、めくれ、土壁に至っては、廊下まで貫通するほどボロボロにしていました。

血が……こぶしから血が出ることもありました。

襖にも土壁にもその中には木材やクギが入っていますからね。

明男から殴られているときほどは、痛みはなかったです。

あぁ、殴る明男本人のこぶしはまったく痛くなかったでしょうね。格闘技バカが、服を着た小学校低学年の上半身を殴るだけですから、非常に感触がよく、毎晩スカッとしていたことでしょう。

自前のサンドバッグですからね。

和式の白い土壁が穴だらけ、襖も穴だらけ。

それらの穴を、ご近所さんや、お盆・正月などに来る親戚の人たちが見てびっくりしていると、一恵は「涼太が反抗期でね～」と説明していたんです。おかげさまで自分は周りから『けっこうな変わり者で、やばい子ども』だと思われていましたね。

＊

ヌンチャクが出てきました。格闘技バカの明男が、「どうしてもほしい」とのことで、政春が買い与えました。

もちろん、俺をボコボコにするなんて思ってもいないから、買ってあげたのでしょう。中身が空洞（子ども用）のプラスチックの持ち手のモノでしたが、あの映画のように顔の至近距離で振り回されたら、まだ十歳にも満たない子どもには、恐怖以外の何物でもありませんでした。

明男の中でのルールは、「首より下は当てても良い」ですので、何度も当てられました。

痛いんですよ。

怖いし。

そうやって泣きながら、どうにかこちらも反撃してパンチを当てようと、腕を何度も何度も振り回しては、ゆっくりゆっくり頭がおかしくなっていく自分がいました。

毎年、お盆や正月になると両親の実家へ行き、おじいさんおばあさん、おじさんおばさん、そしていとこたちに会いに行くのが決まりでした。親子四人が玄関に集まり靴を履いていると、一恵は、

「あんたたち、林家に着いたら仲良くしてなさいよ。喧嘩ばかりしてたら芳絵ちゃんや一朗ちゃんに笑われるよ」

と。

一恵の旧姓は林、芳絵は自分の五つ下のいとこ、一朗はその弟。そして、政春の車に乗り込むと、

「芳絵ちゃんと一朗ちゃんに笑われるから、仲良くしてるんだよ」

また、車から降りる寸前にも、

「仲良くしてないと笑われるからね」

そして最後に、親戚の家に着くと、玄関のインターホンを押したときに小声で、「仲良くしてないと笑われるよ」と繰り返すのでした。

子どもだった自分は、ソレがごく一般的な子どもの教育であり、躾だと思っていました。

思わされていました。案の定、明男は親戚の家の中ではおとなしい良い子で、いとこたちと仲良く過ごしていました。

父方のいとこたちは明男より年上ではありましたが、そちらへ向かうときも要領同じく一恵は、「優子ちゃんや裕二君に笑われないようにね」と自分たち（実際には明男だけ）を抑えていました。

明男は中学生となり、地元の空手の大会に出場するようになりました。

それをきっかけにますます強くなるために、それまで以上に真面目に武道場に通うようになりました。

当然、世間の格闘技の経験のない一般の中学生と比べ、ガタイがいいのです。

自分と鈍鬼は正確な年齢差は二歳半ですが、どちらかと言えば美術系の自分と比べると、四歳かそれ以上の体格差があったかと思います。

大会では、地元の県大会のようなものに出場し、中学生の部で優勝とか準優勝とか、家にトロフィーなんかを持ち帰り、両親に自慢していました。

あぁ、自分には自慢も何も……、だってただのサンドバッグですから。

今思えば、そんなトロフィーなんかを持ち帰ってくるレベルの奴に、俺は殴られていたのか……。

なんとも不幸者に生まれてしまった……。


あのっ、これって、どうなんですか？

男兄弟の家庭は、どこでもそうなんですか？

兄が弟をサンドバッグとして扱い、母親といえば、周りはおろか父親にまでその現状を隠して。

母と兄は似ていて、人前と家の中とでは性格が違うというか、大げさに言うと二重人格なんでしょうか?

外に出ているときの兄の口調は、家に戻ったときの自分に対しての言葉遣いとはまるで別人格のものでした。

いつも「おいっ、おまえよぉ」から会話が始まります。ずっと何十年もです。

比べて確認できる対象がほしかった。でも、なかった。

父方にも母方にもいとこは存在しましたが、『姉と弟』というところが三組と『一人っ子』が二組。

男だけの兄弟もなければ、女だけの姉妹もなかった。

もし、ウチも兄ではなく姉であったり、自分が弟ではなく妹であったりしたら、きっと違った関係が築けていたであろうと思います。

不可能な可能性を何回も何回も想像しました。

自分は、同じクラスのほとんどから嫌われていました。

ある日、ある日というより、学校へ行っているときはずっとでしたが、同級生とコミュニケーションを取ることができなくなっていました。

周りの子たちはとてつもなく元気がいい。なぜだかも分からないし、自分はそこまでも元気にはなれないし、そんな元気な子から話しかけられても、相応のテンションで返すこともできません。

(なんだこの、コイツらの緊張感のなさは?)

(自分の周りの子に対して、警戒心とかはないのか?)

(隙をついて、殴ってくるつもりか?)

自分の方が、明らかにおかしな感情を持っていたことに気づくのは、相当手遅れになってからのことでした。

授業の合間の休憩時間に、後ろから女子児童が「真田君」と話しかけてくるのが聞こえました。

自分が振り向くと、次の瞬間、三人いた女子児童の真ん中の子が、泣き出しました。

何が起きているのか、分かりませんでした。

(なぜ泣いたんだ?)

当時は、自分こそが精神状態がおかしかったので、(周りの子がどうなろうが、自分には責任もないし、知ったことではない)と、振り向きざまに泣かれた理由も訊かず、適当にやり過ごし、その場を去ったのかもしれません。

自分はそのことを忘れていました。

今思えば、自分の目つきが鬼のように怖かったのでしょう。

その女子児童からすれば、自分のこの引きつった顔がびっくりするほど怖くて、突然泣いてしまったというのなら、つじつまが合います。

あのとき、なぜ呼ばれたか、知らないけど。(ごめんね)

ほかにも、きっと当時は、小学生とは思えないほど、自分は言葉遣いもひどく、名前を呼ばれても「なんだっ?」とか「んあ?」とか返事をしていたのでしょう。

家で使っていた言葉が、そのまま小学校生活で反映されますから。

ですから、学校では、同級生はいましたが、友だちはできませんでした。

なんとも言えぬ、寂しい、悲しい、小学校生活。

母に対しても兄に対しても、不信感しかありませんでした。

それに対して、父は和む存在でした。

だから、当時（子どもの頃）は母や兄なんかより父にくっついていました。

ある春、その日は学校で兄の授業参観が行われたようです。

授業も終わり、子どもたちは家に向かうのですが、教室に親たちが残り、担任と親たちの話があったようです（ＰＴＡ集会？）。子どもたちの育て方とか指導の方針みたいなことの相談会なのでしょうか？

その会の中で、担任が冒頭、「子どもはみんな、『クソババア』って言いますよ」って親御さんたちに言ったそうです。

帰ってきた一恵は、俺たち兄弟と父にそう話しました。

「今日、先生がね、（子どもはみんな、クソババアって言いますよ）だって。明男が言い出したからびっくりしたけど、どこの家庭でも、そうなんだね～。はっはっはっはっ（笑）」

コレ、嘘だと思うんです。担任やよその家庭まで巻き込んで、そこまでして明男を正当化というか、かばう必要があるのでしょうか？

明男の自分に対する「クソババア」という言葉を叱れないから『子どもはみんな、クソババアって言うんだ』って、俺たちを暗示にかけようとしているのでしょうか。

一恵は、明男を叱ったことがありません。少なくとも、自分がこれまで見てきた範囲ではそうでした。

その当時の一恵の心境というか、それは、叱るという概念がなかったのか、わずか十歳の明男を叱る勇気すらなかったのか、大人になった今は少し分かってきました。

不適合者だったのです。親不適合者。

二十二歳で政春と結婚。その三年後明男を産みましたが、少々、いや、だいぶ社会勉強不足の状態での結婚だったと思います。早かった。こんな言い方をすると、自分に昔優しくしてくれた母方の祖父母に対して失礼になってしまうかもしれませんが、一恵は箱入り娘で、叱られた経験もなく本当に甘やかされて育ち、だから、実際自分が親になって、長男が次男をいじめたとき、どうにも対処できなかったのです。

そう考えると、これまでの、明男の自分に対する暴力を見ても止められないだとか、ありもしない担任の発言を作り出して、嘘で一恵が自分自身も明男も正当化することが理解できてしまいます。

毎晩のように殴られまくる自分としては、本当に迷惑な話ではありますが。

＊

自分も中一になりました。地元の数校の小学校の児童が卒業して同じ中学に通うわけですから、もともと嫌われていた自分は当然ここでも自信がなく、心の開き方も知らず、自分を助けてくれる人はいませんでした。

友だちになってくれた人もいましたが、すぐに離れていきました。慣れています。

中学に入ってからも、明男との関係は変わらないものでした。

こちらも多少は体が大きくなっていましたが、中学から陸上部に所属していた『鈍鬼』には逆らえるわけもなく、これからまだ長い俺の人生、明男に殴られ続け、逆らえずの人生が続いていくのだろうと、精神的にも肉体的にもストレスは溜まっていました。

助けてくれない一恵に対しても、不満は大きなものがありました。

子どもですから『兄』の使う言葉を自然と真似したりもしますよ。

ある晩、一恵と揉めて、喧嘩をしました。

「うるせえ、クソババア」

自分が言いました。

すると、明男が突然泣き出し、

「なにが、くそばばあだぁ〜」

とキッチンから包丁を持ち出し、自分に向かってきました。

政春がとっさに明男に近づき、止めてはくれましたが、あの日、そこにまだ政春が仕事から帰ってきていなかったなら、真田家はどういう結末を迎えていたのだろう？

今だからこそ、そんなふうに客観視できていますが、コレ、事実ですから。

もとはと言えば、もとどころか、昨日までおまえ（明男）がその言葉使っていただろう。

「目を覚ませ、バカ野郎」でしたね。

その晩、父が兄を止めたからといって、翌日から明男の暴力が収まったわけもなく、地獄の真田家生活は続きます。

そして、日に日に周りの同級生たちが成長していく中で、やはり（自分はほかの生徒たちと何か違う。取り残されているし、周りと同じようにもなれない。このまま、本当にずっとこのままなのか？）とまで思って、悩んでいました。

これが自分にとっての思春期というものだったのかは知りませんが、中二の半ばで本格的に頭がおかしくなり、ぶっ飛んでしまいました。学校に行くのが嫌になり、登校しなく

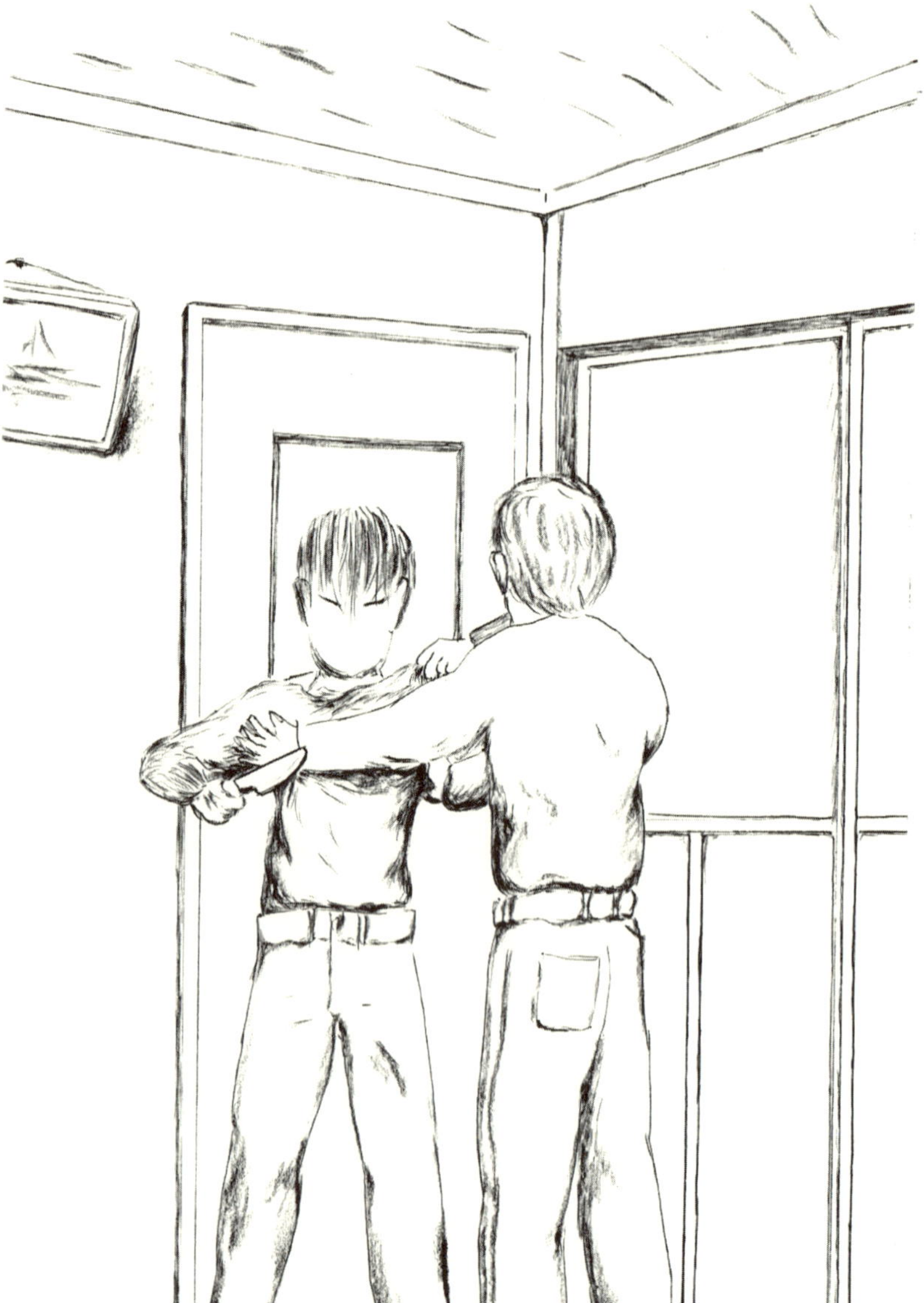

なったのです。

「学校が嫌いなんじゃない。起きたくない。動きたくもない。何もしたくない。止まっていたい。人の顔を見たくない。人から見られたくもない。誰にも話しかけたくない。誰からも話しかけられたくもない」

朝になっても布団から出ず、昼になっても夕方になっても。そのときはたぶん、夏も終わり涼しい季節であったと思います。それほど腹もすかなかったので、ほぼほぼ食事も摂らないで過ごした記憶です。

そんな日が一週間、二週間と続き、悩んだ政春が親戚一同を集めました。真田家（父方）と林家（母方）のおじさんおばさんやおじいさんおばあさん、ほぼほぼみんな集まりました。

やはり自分はそのときも二階の自分の部屋のベッドに入っていたため、どんな会議がなされたかは知りません。

一時間か二時間ほど経過すると、階段をゆっくり上ってくる足音が近づいてきました。

その後、自分のすぐ近くに人の気配を感じたので、ふうっと起き上がったら、母方のおじいさんが勢いよく自分に寄って来て、

「涼太君、なんでこんな子になってしまったんだぁ？」

と半泣き状態で責めてきました。

起き上がったときのとっさのことだったので、少しビックリしましたが、直後に冷静になれました。

心の中で（あんたの娘のせいだよ！）と叫び、子どもながらにおじいさんを睨みつけたことを記憶しています。

分かってはいましたが、結局大人数集まっても何も解決には至らず、解散となりました。

その翌日、政春に「頭がフラフラする」とかほかにもいくつか、これまでになかった症状を訴えて、急きょ地元の精神科病院へ連れていってもらいました。

（あぁ～、俺、今、精神科病院に来てんだぁ～）と思いながらも、先生の待つ診察室へと入って行きました。

先生の目は、一切ブレることなく、終始自分の目を見続けていました。

そして、たぶん、「体の調子は？」から始まって、「今、一番楽しいことは？」とか、ほかにもいくつか質問された後、「脳波をみてみましょうか」と言われ、ＭＲＩにかけられたことを覚えています。

診察の結果、先生から告げられたのは、「自律神経失調症」でした。漢字ばかりの初めて聞かされる病名だったので、(あぁ〜、やっぱり『神経』って付いているから頭がイカレてるわ、俺っ)と単純に思い、父からは「ノイローゼみたいなものだなあ」と言われて、中学生なりにショックでもありました。

家庭内の人間関係が原因でこうなるなんて。

その後、特別な治療を受けることもなく、先生から「何か没頭できる好きなことを探しなさい」ぐらいの簡単なアドバイスを受けて帰されました。

そして、翌日から学校へ行くことにしました。

二週間も通わなかったわけですから、(当然授業内容にもついていけないことだろう)という、マイナス思考の自分がそこにはありました。

教室に着くと、同級生の数人が寄って来て、

「涼太、ずっと休んでどうしてた？」

「どこが悪かった？」

「心配したぞ」

と言われましたが、『心配』という言葉を、自分はまったく信じることなく、

「うんっ、ちょっとっ」

と答えて、その場を終わらせていました。

（ごめんね）

当然まだ自律神経失調症のまっただ中でしたので、父親以外は誰も信用していませんでした。

そして、そんな周りの子たちをうっすら無視しながら、また苦痛な中学校生活に溶けていきました。

人とのコミュニケーションに自信が持てない自分に、最大の嫌がらせでしょうか？

当然あちらには、そんな気はまったくなかったのでしょうが、運動部に所属していた自分は、二年生から部活のキャプテンにされていました。

自分から「なりたい」と言ったことは一度もありませんでしたが。

こんな、人とのコミュニケーションも取れない、特に大きな声も出せない、リーダーシップもない俺が、運動部のキャプテンなんてと思いながら、当時のその運動部では「嫌です。やりません」と断る勇気すらもなく、引き受けてしまいました。

無理して表向きだけキャプテンを務めてはいましたが、やはり当然のこと、周りの子たちの発言能力や運動部員としての「ガッツ」には勝てずに時間だけが流れていったのは、よく覚えています。

そのまま三年生となり、受験も控えているということで、三年生は早く運動部を引退するので、早々に最後の大会が迫ってきていました。

顧問も年度ごとに替わってしまっていたので、自分がリーダーシップのないキャプテンだということなんて、当然ご存じない状態での練習が始まりました。顧問が替われば、練習方針も変わる。それ以外の環境も変わる。

もう、ただでさえ、頭がおかしかった自分には、部活の顧問が替わることは大きな負担でした。

放課後の練習を、足が痛いと嘘をついてズル休みしていました。

(あぁ～、このまま最後の大会も行かないでおこう)と思い、行きませんでした。

自分より断然しっかりしている活発な子が副キャプテンでしたので、大会のことはまったく心配していませんでした。

(副キャプテン、あのときは、迷惑かけて、ごめんね)

後日、試合はボロ負けであったことをチームメイトから聞かされましたが、キャプテンでありながら秘密でズル休みしたことについて責めてくる子は一人もいませんでした。

楽しさというものをまだ心から実感しないまま、歯切れの悪い部活動も引退し、高校受験の勉強も進めていきました。

正直、将来何がしたいのか？　と訊かれても明確には答えられるわけでもなく、結局地元の普通科のある高校を受験しました。公立とか私立とか、何がどう違ってどうして二回も受験しなきゃいけないのかすら理解もしないまま、社会の流れっていう感じで、受験に挑んでいきました。

当然まだ目上の人も怖い。

受験会場でそれぞれの高校の教諭らが一切笑わず案内してくれて、何度もペコペコしながら、面接する教室へ導かれ、お決まりの扉トントンからスタートしました。

部屋に入り、三人ほどの面接官がジッとこちらを見つめる中、彼らと自分が挟むテーブル前まで歩きました。

その中の一人が、

「では受験番号とお名前をどうぞ」

と言いました。

「にせん……」（手足はガクガクしていました）

自分の受験番号は、記憶では二桁か三桁でしたけどね。

面接官は、

「落ち着いて。いちど深呼吸しましょう」

そのあとの面接内容は一切覚えていません。

後日、合格発表の一覧の中に自分の番号があったのを見て、（良かった～）とは思いましたが、

「あれだけ緊張する子は、悪い子じゃないから安心してうちの高校に来てもらおう」

と面接官さんたちが判断したのだろう、とそんな面倒で余計な想像までしていました。

当時はそれぐらい人が怖くて、人の目を気にする子になっていたのです。

高校に進学し、始業式で体育館に先生方と新高校一年生が集まっていました。

進学にあたって、君たち高校生には今までの中学校生活よりもはるかに険しい三年間が待っていますよ、的な説明を受けた後、早くも数日後には、試験をしますのでこちらの参

考書を読んで勉強しておくように、と言われました。

みんな引いていましたが、自分は心の中で、（みんなはいいじゃん、ソレだけを頑張ればいいんだから）と、やはりヒネクレがありました。

もちろん、一切顔には出しません。

しばらくして、どこの部活に所属するか選ぶ時期がやってきました。

残念ながらというか、残念でもないけれど、中学と同じ運動部はありませんでしたので、無難なところに所属してみました。でも、正直初めてだったので、その運動部の種目はルールもよく知らず、加えて、チーム内には経験者がたくさんいたため、自分は隅っこでみんなの真似ごとをするレベルでした。（あっ、ソレで良かったかっ）

顧問も自分たち高校生から見たらチョイご高齢の、言わば『おじいちゃん』でしたので、（こりゃあ練習をさぼるというか上を目指さなくても平気でやっていける）と余裕をかましました。

小・中学校時代から、あの恐ろしい明男に邪魔くさいほどのスパルタ筋トレなんかをさせられていたので、運動神経は同級生よりは良かったです。なので、正直に言えば、同級生の子たちがたとえ経験者であろうとなかろうと、こっちが本気でやっちゃえば、技術的にも腕力的にも追い越してしまう自信はありました。でも、やはり中学時代のように、誰よりも秀でて目立ち、リーダーシップをとるような立場になるのは本当に嫌でしたので、ここでも最初から引っ込んでいました。

そして、偶然にも一学期が終わる前に足を痛めてしまい、本当はそれほど痛いわけではなかったのですが、夏休みの練習をずっと休むことにしました。（ヨシっ、コレでますます周りとは差がついた）

自分は上達して上を目指すどころか、その部内で、みんなより落ちこぼれる方を選択していたのです。

二学期が始まり、最初の部活の日のこと。顧問のおじいちゃんから呼び出されました。

「真田、おまえ休みすぎ。今日でクビだ」

ビックリでしたが、直後のおじいちゃんの言葉にはもっとビックリしました。

「それで、柔道部の顧問が、おまえをほしがっているから、柔道やるか、勉強やるか、どっちかを選べ」

（いやいやいやいや違う違う違う違う、おじいちゃん、せっかく楽できる部を見つけて、ここまで順調にやってきたのに柔道部に異動なんてないでしょう！）と思ったのでした。

でも一瞬頭の中がぽーっとなった自分は、なぜかそのとき、自分の考えとは裏腹に、「勉強ですか？　勉強するぐらいなら柔道やります」と即答してしまいました。

そして、二学期から白い柔道着を何枚か買い、畳の上に上がっていました。未経験だったので、目の前に黒帯の先輩や同級生が構えていると、（うわぁ〜、ごついやつもいれば、細っせえやつもいる。でもあの細っせえやつ、黒帯やんけ、まずはあいつと互角にならないとやっていけないんだろうなぁ〜）って、本当に勝手な想像をしていました。

われわれ柔道部は、毎日通常の授業が終わると、すぐに柔道着に着替えグラウンドを十周してから柔道場に入るという決まりがありました。もちろんそのルールを守っていたので、自然と体力がつき、脚力も強くなっていったのです。毎日練習が終わって家に向かうのは、外が真っ暗になってからでした。

その頃から、明男は自分を見向きもしなくなっていったと記憶しています。

それは、自分のガタイが良くなったから恐れ始めたとかではなく、単に明男自身が就職活動で忙しくなり、焦りだしたというのが正しいでしょう。

そりゃ、こちらとしては嬉しいというより、当たり前。（早くまともな人間になれ）とまで思っていました。

そんな高一生活の終わり頃、明男の就職内定が決まり、スーツや革靴、黒いカバンなんかも買うために選ぶのに必死になっていたようです。俺の存在なんかはまるで無視の中でのことで……。

はい、無視けっこうです。喜ばしい。二度とこっちを見るな。

世の中では兄や姉の就職が決まれば、「おめでとう」とでも言い、少ない持ち金で何か仕事に必要なモノを買ってあげるのが常識なのかもしれませんが（いやっ、常識でもないのかもしれないが）、わが家では弟が兄にお祝いの言葉すら放ってあげる必要がありませんでした。楽で良かった。

＊

自分が高二となり、兄は予定通りその会社に入社しました。小学生で「鈍鬼」と呼ばれ、座学の成績も『1』か『2』のアイツが事務職となりました。（異例中の異例では済まされない）と思いました。

案の定、毎日の帰りが遅い明男は、ヘロヘロになっていました。そして数日が過ぎた頃、こう言い放ちました。

「あの会社、俺が入社したのは奇跡中の奇跡だ。周りの先輩は、東大・慶應・明大出身者ばっかりで……」

（そりゃ差がありすぎて、さぞ大変だろうな。でも、辞めて家にずっといられても迷惑だから絶対に辞めんじゃねえぞ）と聞こえないように呟いていました。

アイツは辞めませんでした。途中、B型肝炎か何かを患いましたが、それでも辞めなかったのです。

精神的に強くて頑張り屋だからだと思われそうですが、そうではありません。

先輩方が優れすぎていて、助けられて育てられてきたから、辞めるという選択肢がなかったのです。

だって、皆さんまるで教育者にでもなるような人たちの集まりですもんね。

会社自体も大きいところなので、きっとB型肝炎とかになったときも休暇補償はしっかりされていたのでしょう。

アイツが社会人二年目となった頃、自分は柔道部を辞める決断をしていました。こんな話をすると、「おまえ、自分はやめるのか？」と思われる方が大半であろうと自分でも説明不足を感じます。でも、ここは、ほかのご家庭とは違う暴力家庭であるから考え方も違ってくるのです。当時の精神状態もありますし、ご容赦願います。

もともと一年生から消去法のように選んだ部をクビとなり、顧問の一言に一言で返し、目標を持たずにスタートした柔道部では、やり甲斐も見つかりませんでした。練習途中に頸椎を捻挫し、病院でコレデモカというほど太い蛍光色のサポーターを巻かれ、その後数日間は、朝から夜寝るまでずっと首に巻いたままでした。まるであの小一当時の、アイツに車から突き落とされて嫌な思いをした三カ月間が思い出されるモノでありました。

その首の怪我より何より、格闘技というものをやはり自分としては続けていくことは考えられなかったのです。

真面目に格闘技をしている多くの人たちとは捉え方が違うので、コレは仕方がありません。幼少期から無法地帯で痛めつけられてきた。だから、柔道部に誘ってくださった顧問には申し訳ないし誰にも文句は言いませんが、とにかく自分としてはこの部は続けられませんでした。

ある日の昼間の授業、世界史の担当の先生が話しかけてきました。

「真田、きみ、世界史の成績あまり良くないなぁ。今度の試験、少し本気出して、いい点数取ってみないか？」

どストレートに言ってきました。

もともとどちらかと言えば、理数系の頭の自分はその言葉の通り、物理と化学と数学に比べ、国語や日本史や世界史なんかの成績は冴えてはいませんでした。小学校当時にテストでめちゃくちゃ悪い点を取ってしまったときに、昭和感丸出しの七三分けおじさん先生（社会科担当）から、

「そんな目つきするぐらいなら、もっと最初からちゃんと勉強してまともな点数を取る努力をしなさい」

と、みんなの前で突然叱られ、トラウマになっていたのが一つの原因でもありました。自分ではどうにも直せない目つきの悪さが原因で本気で叱られてムカついたことを思い出したのですが、逆にこの先生はなんとも『どストレート』に、「勉強して、いい点数取ってみないか？」とだけ言ってくれたのです。

なんだか刺さるモノがありました。

（この人、いい先生だな）と、単純にそう思ったのでした。

おかげ様でその後の世界史の試験は過去に取ったことのないほど好成績となり、先生も褒めてくれたのでした。

コレが『ひと』ってもんだよなぁ。


その後、まだまだ人を少しばかりの偏見で見てしまう癖を直せないまま、自分も高校を卒業し、専門学校へ入学しました。なぜ専門学校だったか？　初めは、自分はどちらかと言えば理系だと思っていたから理系大学を目指そうと思っていましたが、途中で数学の担当の先生から嫌がらせを受けるようになり、その先生に対しての反発心から一気にその先生の数学の授業の成績が悪くなっていったからです。もうこのときから、四大理系？　そんなところ、なんのために行くんだか……となっていました。

だから大学へ行くよりも、「手に職を」と考え方を切り替え、一年間で卒業できる専門学校を選んだのです。

そして専門学校に入学して間もなく、その学校の中の一部門の専任講師のT先生から「俺のところでバイトしないか？」とお誘いがありました。

（おおっ、早くも……）と思いながらも、その日帰宅してから父に相談して、翌週にはその講師に「お世話になりたいです」と話していました。

もしかしたらコレも、高校受験の面接のときのようにちょっとした見た目で真面目そうだからと選ばれていたのなら、後が困るなぁとか思いつつも、断るよりは一度やってみようと思い、専門学校の授業後にバイトをすることとしました。ちょうど、そのバイト先は、専門学校から家へ帰る途中の地下鉄の乗り換えの駅の角にあったので、好都合でもありました。

バイト初日、そこに専任講師のT先生はいませんでした。T先生の部下が料理長を務めていたのです。四十四歳のN料理長と四十三歳のセカンド的な料理人とデザートを担当する人とそのほか外国籍のバイト数名の中に突然入り込むことになりました。T先生はそのレストランの総料理長だったのです。それを知るタイミングが少し遅かったせいか、自分の中での彼は、専門学校の専任講師でした。ホールや厨房内ではみんなT先生やここのN料理長のことをTチーフとかNチーフと呼んでいたので、まだガキだった自分には（なんだか格好いいなぁ）と思えていました。

そう、専門学校とは料理の専門学校だったのです。

たまにテレビで料理番組なんかを観ていると、講師のおじさんが「オニオンアッセ」とか、わざとらしく格好付けているのか、日本語から離れた言葉で説明していると思っていたのですが、そこの厨房ではけっこうな割合でそんな外来語が飛び交っていたのです。

学校の授業が終わると、自分はすぐに教材を片づけ十五分の道のりを歩き、地下鉄名城線のH駅から電車に乗るのでした。そして二十分ほど地下鉄に揺られS駅で降りると、地上に上がってもう目の前に、ほんと五歩も歩かない所にそのレストランがあったのです。

そんなふうにスムーズに着いてしまうお店に入り、夕方ではありますが「おはようございま〜す」とホールのみんなに挨拶をしてロッカールームに向かうのでした。ロッカールームと言っても、当時は従業員の休憩部屋と兼ねていましたので、テレビを観ながら賄いを食べる休憩中のバイトさんたちの後ろでコソコソと着替える感じでした。あっ、女性用ロッカールームは別にありましたけどね。

そして中二階にある厨房に入ってまた挨拶をすると、Nチーフが、

「おおう真田おはよう、トマトときゅうりのコンカッセ、冷凍のタコとイカ解凍して、ほかにも空っぽの具材あるからカットしといて〜」

と、ラフな感じで指示が飛んできました。

自分はまだ新人なので加熱グループには入らず、サラダ全般と仕込みのほんのお手伝い程度でした。

横にはいつも、優しいパートのおじちゃんもいました。見た目よりけっこうタフな（笑）。

だいたい自分が出勤するぐらいの時間は、夕食が始まる時間帯で、お客さんもどんどん入店される時間帯でもあり、当然厨房内の社員もバイトも手の動きをスピードアップさせなきゃ間に合わなくなる感じでした。

冷蔵庫を開けて中を見ると、ランチ時に使われてしまったのでしょう、おっしゃる通りの空っぽ。

五月からバイトに入った自分ですが、それまでの約十八年間のちょっとした経験では追いつけないほどの、周りの従業員の技術とスピード。

「おっ、おっ、間に合わん……」

そしてさらに三十分ぐらいすると、ホールのバイトのお兄さんお姉さんたちが上からも下からも走ってきて、オーダーを通してくるのです。

そのオーダーが改めてまとめて厨房内で読み上げられるのですが、

「ベーコンドリア・ボンゴレ・タラコスパ・たこツナピラフ・オールスリー。

キノコスパ・チーズリゾット・法蓮草ベーコン・おじや・ツナサラダ・和風サラダ・オールツー。

シーフードドリア・ミートドリア・ココット・きゅうりサラダ・豆腐サラダ・チーズバリエ・オールワン」

一気にぶわぁ〜〜と読み上げられても分からん、そもそもオーダーがすげえ量!

と、怒っているのではなく、お店の繁盛具合に仰天していました。

その直後、

「真田っ、法蓮草ベーコン・ツナ・和風が2で、きゅうり・豆腐・チーズバリエが1なっ!」

と、わざわざこちらの担当するオーダーも言い直してくれました。

「はい!」(うわっ、助かったぁ〜、なんて恵まれてるんだぁ〜俺っ)

と、それぐらいの時間になると、頼れるバイトの先輩が三人出勤してくるのです。

「おおっ、にぎわってるねぇ〜」といった感じで。(ますます、助かったぁ〜)

一人は完全にアニキ肌で、スキンシップだったのか、当時は何度か自分の頭を『パァ〜〜ン』とはたいてくる人でしたが、料理となると真剣に取り組む『ホンモノ』でした。

もう一人は、穏やかな性格でしたが、こちらも真面目に仕事をこなしていく人で、のちに料理の修業をしにフランスまで渡ったなんてことも聞きました。

そしてもう一人、少し年は離れた感じではありましたが、この人も穏やかで、自分と同じサラダの方を担当していました。

「よしっ、サラダ組三人だっ」と余裕をかますと、いつもそのタイミングでパートのおじちゃんは帰るのでした。あっ、こちらの先輩と交代ね。

通されるオーダーを二人で順にこなしていくのですが、自分は『チーズバリェ』が好きでした。

食べるのもそうでしたが、作る方も。

白い皿の上にレースペーパーを敷き、カマンベール・スモーク・QBB・ゴルゴンゾーラなどを自由に並べ、最後にクレソンを脇に飾ればでき上がりですが、小さな頃からものづくりや綺麗に飾る作業は好きだったので、ほかのオーダーも丁寧にやってはいましたが、これこそ本気でやっていました。

毎日疲れました。

朝も家から専門学校まで名鉄・地下鉄と二回乗り換え一時間半かけて行くわけですから、毎日続けてしまうと疲れるであろうと、少し余裕の計算をしていたので、週に二日だけバイトに行くようにしていました。

そんなある日、バイト中に厨房の電話が鳴りました。「真田くん、お電話」と、T先生からの電話でした。

「おおっ真田君、頑張ってるか？　毎日来てるか？」

と訊かれました。

「毎日ではないです。一日置きぐらいです」

と答えました。

「バカヤロウ、何サボってる、毎日来い」

けっこう怒鳴られました。

T先生は洋食料理の専任であったため、学校には毎日出ず、洋食料理の授業を教えに水曜日の午前中だけ来ていたのです。

そのため、自分と会うのも水曜日の午前中だけしかチャンスはなかったのです。

それでさぼってやろうなんて思っていたわけではないのですが。（うん、反省しています）

（高校時代にもちゃんと『ハッキリ』言ってくれる先生がいたなぁ〜）と思い出された瞬間でした。

その後は極力休まないようにして、学校が夏休みに入ってからも、記憶の上では週一日与えられた休み以外は毎日出勤していました。おかげ様でその八月のバイト料の明細書を渡されたときは相当ニヤけるとともに、T先生にも感謝しました。

また、厨房で働いている留学生らしき外国籍のバイトの人も、まるで少し前までの自分のようにどこでさぼっていたのか、久しぶりに出勤するや、自分の顔を見て、「サナダ、ヤセタナ」と言ってきました。

言われるまで気づかなかったのですが、高校時代に柔道で鍛えまくった体は当時、六十一キロ台をずっとキープしていましたが、その「ヤセタナ」の声がかかった夜に家で体重計に乗ってみたら、五十三キロでした。

充実した専門学校生活が終わり、卒業してからもそのレストランの仕事は続けていました。

店側も自分もT先生もみんな『真田は専門学校を卒業したら、ここで社員になる』、コレが暗黙の了解でした。

初めての就職活動は、面接なしで現場のNチーフに自分の意思を伝えるだけで採用が決まったのです。

そのときのNチーフの答えは、

「真田、車の免許、持ってないだろう。これからは残業もあるから免許取って、その翌月から社員に切り替えだなぁ」

と淡々と言われた記憶です。速攻で自動車学校への入校の手続きをして、ほぼほぼ最短ぐらいで免許を取ることができました。その後、契約していた車が数日で届いて無事に社員としての料理人生活が始まったのです。

バイトの頃から聞いてはいたので覚悟はありましたが、当時の労働時間は半端なく長かった上、朝の通勤ラッシュで一時間半、帰りは零時を過ぎていたので帰宅ラッシュなどはありませんでしたが、それでも五十分は要していました。朝ご飯と夜ご飯をいかに短時間で済ませるかの闘いが毎日続いていました。

闘いに負けました。

飲食店なので、当然頂いた休みは平日。自分は木曜日だったので、その木曜日はいつも、昼近くに起き朝ご飯を食べ、昼寝して、数時間後に起き、昼ご飯を食べ、また寝て、夕方起き、夜ご飯を食べ、風呂に入り寝る。本当にそうでした。

お店を紹介してくれたT先生にも、さぼりまくっていても何も言わず受け入れてくれていた現場のNチーフにも、サラダや仕込みを一緒に担当したパートのおじちゃんや、頼れる優秀な先輩方やホールメンバーや店長にも、そして十分な給料を与えてくれた社長にも、今となってはみんなに感謝していますが、この強烈な体力の消耗には勝てませんでした。

退職を決める何日か前から、寝不足などで相当イラ立っていた自分にとっくに気づいていたNチーフは、ソレを告げたとき、特にビックリすることもなく、

「次の仕事は決まってるか？」

と優しく訊いてくれました。

「俺の知り合いで、人がほしいって言ってるやつがいるけど、どうだ？」

とも言ってくれましたが、若すぎた自分は、人から受けたお誘いだとか、感謝というものを、まだ当時は正確に捉えることができなかったので、「少し考えさせてください」とでも言って、本当に考えればよかったのに、その場で断ってしまっていました。

それでもあの優しいNチーフは、本当に本当の最後の日には、

「次、またどっかで料理人やるかもしれないから、コレ見て覚えておくといい」

と言い、厚くて真っ赤な牛ヒレ肉の筋の取り除き方を目の前で見せて教えてくれました。

入社一年目で体力的にビビッて辞めてしまう自分に、そこまでしてくれたNチーフには本

当に感謝しかないです。

そして、自分が辞めるその一カ月後にレストランが閉店してしまうことと、その最終日には従業員全員が集まってお別れパーティーを開くことも聞かされたのでした。

驚いたところへ、

「真田、お前もよかったらその日……来いよ！」

と言われました。

しかし、ここでもやはり多人数での空間が苦手だった自分は、その場では断りはしなかったものの、当日レストランへ行くことはなかったのです。

（Nチーフ、ありがとう。ごめんなさい）


そんな恵まれた世界とはお別れを告げ、現実の世界に戻ります。

この頃になると、カンフー映画は見かけなくなったかもしれませんが、年末などにリング上でリアルに殴り合う試合などが、腐るほどたくさん生放送で観られるようになりました。結局わが家でもソレが主流となり、興味があろうがなかろうが、夜の食事の場ではソレを観るのが普通となりました。

オリンピックで戦う柔道のように、畳の上でガッチガチのルールに囲まれ、主審や副審がストップをかけたらすぐさま相手から手を離さないと、反則をとられ負けとなってしまう。それぐらいしっかりとしたルールの競技ならいいのですが、当時のソレは、本気の打撃で相手がほぼほぼ気絶するまでやりあっていました。リング上に倒されその上から顔面を殴り、それでも審判は止めず、タップしないのなら、気を失うか失わないかを審判が判断する、そんなレベルだったと記憶しています。

自分はソレが、ルールのなかったわが家ともリンクしていたため、観るのが嫌でした。明男は大声でテレビに向かって、強くて有名な格闘家を応援して叫んでいましたが、隣で聞いていて自分はマジでムカついていました。

*

それからほんの数年が経過したとき、働いている会社から明男に辞令が出たことを知りました。東京への転勤でした。

声に出しはしませんでしたが、俺は本気で嬉しかった。アイツと離れて暮らせる。自由がやって来る。ストレスがなくなる。政春は初めてのアイツの転勤の準備の手伝いで忙しくなり、俺が密かに喜んでいることには気がついていなかったようでした。

一恵がどう思っていたか、それについては、こちらとしても興味がなかったので知りません。

そして、ほんの数日後には、明男は東京へ行きました。二階建ての上の北側の部屋が明男の部屋だったため、その夜からその部屋はとても静かになり、当然のごとく一番うるさくて面倒なやつがいなくなったぶん、家も広く感じましたが、俺は明男の部屋にはほとんど入ることはありませんでした。二階のその部屋は廊下と階段とを一周できる構造でいつでもスンナリと入れる部屋でしたが、やはり、嫌いな人の部屋にはまったく興味がなかったのです。

それからの明男は、お盆や年末年始、ゴールデンウイーク、またほかにも明男の気分次第で帰省してくるようになりました。昼間は両親とどうでもいいことを話していたようでしたが、年末の夕方にもなればやはり、新聞のテレビ欄を確認して、「今夜はコレ観るぞぉ～」と嬉しそうに生放送の格闘技の番組名を名指ししていました。

その格闘技番組に合わせて、先に風呂を済ませ、ビールをテーブル上に置き、万全の態勢で構えるのでした。

ほかのご家庭ではアリでもいいですが、うちでは本当に見苦しい光景でした。

明男は帰省したときにはほぼほぼそんな感じだったので、やはり俺とは兄弟のような会話とかは一切なかったのです。

来るときも帰るときも、両親とは挨拶ごとはしていましたが、俺とは目を合わせようともしなかったのです。


それから数年が経過し、明男から連絡が入ったようです。明男は転勤先の東京出身の女性と結婚するらしい。

両親は電話で「おめでとう」といった会話をしていたようですが、電話を俺に替わることもありませんでした。

まぁ、真田家全体としてはおめでたいことであることには変わりないですが、正直俺には祝福の気持ちも兄の結婚を弟が喜ぶという感覚も、まったく湧きませんでした。むしろ、(コレで帰省してくる回数も減ってくれたらどれだけ嬉しいか、それより、もうそっちに完全に移り住んでくれ、二度と帰って来るな)とまで思っていました。

本当はもっとあるけど、これ以上書くと、奥さんや子どもに悪いから、控えるようにします。

あちらの家庭には関係ないことですし。

それからさらに数年後、明男に子どもができ、奥さんと子どもを連れて何度か帰省することがありました。

俺は明男とは一切話さず、明男の幼い子どもと遊ぶことに専念していました。ときどきは奥さんとも話をしましたが。

その横ではいつも通り、明男は俺だけは無視して両親と会話をしていて……って、そんな感じでした。ですので、東京に引っ越してからの明男の生活面なんかは、その会話を横で盗み聞きするか、たまに明男が東京から電話してくるときの、父か母の返す言葉を読み取って理解する程度でしたので、聞こえたことしか情報として入ってきませんでした。

ですので、明男がまた会社からの辞令を受け、大阪に移ったりまた東京へ戻ったり、そんな情報はいつもテンポ遅れで俺の耳に入ってきていました。別に、特に俺が何か手伝うこともないし、どうでもよかったのですけどね。

（いいよ。どんどん転勤しろ！　もっと苦労しろ！　会社に振り回されろ！）

それしか思いませんでした。

すると俺に少しばかりのバチが当たったのか、実家近くへの転勤の辞令が出ました。

（あぁ〜、戻ってくる……困った……）

でも、あまりそんな表情を表に出したら、今度は自分が非難されるのでは？　という自分なりの変な警戒心も働いたので、相当な我慢をして表情を押し殺していました。

自分としてはとても長い期間に感じましたが、明男は数年でまた東京へ戻っていきました。


それからまた年月が経過し、お決まりの年末年始の帰省です。

いつからか、奥さんと子どもは一緒に来ることが減っていました。

あっ、最近はめっきりです。

その日、自分は仕事明けの連休初日で、昨日までの仕事で疲れていたのでお昼近くまでぐっすり寝ていました。

起きて顔を洗い一階のリビングに入ろうとしたら、もう既に明男は東京から帰ってきていました。

いつもは自分が座っている椅子に腰かけ、自分がその部屋に入ってきたことに気づくと、わざと目を合わさずに言ったのです。

「涼太のアホは、なにやっとる？（笑）」

突然の言葉に父が、「あきおーーーっ」と少し怒鳴り気味に叱りました。

「ハッハッハッハッハッハッハッハッ」

明男はもう、まったく悪びれることもなく、大笑いでした。

自分が、

「そこ、俺の椅子だから、どいてくれ」

と言うと、

「んあぁ～？　なにぃ～、オレ、どかないかんの？　しゃあねぇなぁ～」

と、本当に面倒くさそうにその椅子から離れました。

一恵はその一部始終を見てもまったくの他人事というか、明男を叱るわけでもなく、普通にキッチンで何かしていました。

明男は既に四十代後半でした。

そのとき自分は悟ったのです。

「もうこの男は兄弟として扱わない方がいい」

それからも、やはり明男は、お盆や年末年始になると実家に一人で帰ってきました。毎回同じように、四人は集まりますが、明男は両親とは話しますが、俺は一枚大きな見えない壁を挟んで別空間に置かれていました。たまには父と会話することがあったのですが、それ以外はテレビを観るだけというレベル。時間だけは過ぎますが、それ以外何もありません。そしてまた翌朝になると、明男は両親とだけ別れの挨拶をし、東京へと帰って行きました。

どうにもコミュニケーションの取りようがない明男との関係を、そして一恵との関係も、父に相談してみようと、自分は近くの喫茶店や少しおいしい和食亭を見つけては父を誘うようにしていました。

当然父とは普通に会話ができるので、最初のうちはとにかく、明男への文句、一恵への文句ばかりを一方的にぶつけていましたが、もちろんそれではいけません。

どうしたらいいかという相談をしたくていつも誘っていたのですから。

ですが、そこまではなかなか言い出せませんでした。

なぜか。

それは、その頃、父が既に進行を止められないと分かっている病気にかかっていたからです。癌です。

喫茶店なんかに誘い始めていた頃にはもう、見るからにというほど痩せていましたから。誘ったはいいが、今まで苦労をかけて、今は癌でこんなに痩せてしまって、そんな父に向かって、家庭内の相談とはいえ、「あなたが死んだあとに、俺はあいつらとどうやって接していけばいい？」なんて、簡単に言い出せることではなかったのです。

結局、何度も何度も父を食事に誘い誘われ、同じ時を過ごしましたが、何度出掛けてもその相談はできませんでした。

それから自分は、明男が帰省すると聞いたときには、事前に「いつから来る？」とか「何泊して帰る？」とか父に確認して、その日に合わせて自分が家を出てビジネスホテルに泊まることにしました。父はその自分の行動を止めませんでした。

何度も喫茶店なんかに誘っていたから、自分が相談したかったことを察してくれていたのかどうかは、今となっては分かりませんが……。

それから年末年始・お盆などは同じように自分は家を出て、「明男がもう家を出た」という父からの連絡を受けて、家に戻るということの繰り返しでした。

そんなある日、父が倒れました。

救急車で地元の市民病院へ運ばれ、とりあえずは大丈夫とのことでしたが、最近の痩せ具合を見れば、もうそろそろ危ないだろうということは想像していました。

翌日、早々に先生から家族に大事な話があるということだったので、仲の悪い三人はほぼ会話のない状態で病院の廊下を歩き、先生の待つ診察室へ向かいました。

そして、想像通りの癌の進行具合の説明を聞き、ある程度の余命まで告げられました。

これまでにもう何度も父は入退院を繰り返していましたが、今回はコレが最後になるであろうということにうすうす三人は気づいていました。

三人とも、覚悟はあったので、驚くことなく先生の話を聞いていました。

（いやっ、やっぱり、俺は、覚悟は、あんたら二人よりは、ない。これまでの人生の中で一番信用してきた人が、信用できない人たちを残していなくなるのは……そんな覚悟はない）

父は、仕事ができ、営業一本でやってきて話し上手であるが故、友人を増やすのも早く、ご近所の皆さんともすぐに溶け込んでチームワークを取ることができ、一つの趣味を亡くなる直前まで続ける一本筋が通った人でした。真似したいほどに。

母は?

ご覧の通り、子どもの躾はまったくできず、何が正しくて何がいけないことなのかの区別もつけられない困った人でした。父とは正反対で、ご近所との交流もできないというよりむしろ交流しない。嘘が多く、やはりお盆・正月に親戚の家に連れていかれては、そのつじつまの合わない会話に毎回毎回こちらが翻弄《ほんろう》させられるという感じでした。自分が特に間違ったことをしていなくても、なぜか叱られているということも多々あったことを覚えています。

あと、父からもしょっちゅう「おい、カズエ〜」と怒鳴られ、言い争いをしているところは何度も見ました。

そして兄は、こちらもご覧の通り……。

＊

冒頭に書いた通り、父の通夜・告別式の打ち合わせに自分は加わりませんでした……。

そう、父が亡くなったその日から、「第二の地獄」が始まったのです。

いつも、仕事を終えると会社の作業着姿でそのまま父の入院する病院へ向かっていました。一人で……。

以前から一恵と二人きりの空間に入ると、「明男と仲良くしなきゃいけないよ」なんて、トンチンカンな要求をするようになってきていたので、（どの口が言っているんだ？）と思い、そういう空間を自ら作らないようにしていたのです。家の中でも車の中でもずっとそんなことばかり、毎回毎回息が詰まることばかり聞かされていたので避けていました。

ポッカリと穴が開いた真田家には、もう家族という人間関係はなく、暴言を吐く者と、ソレを止められない者と、それに怯える者だけがいたのです。

そして、病院から父の危篤の知らせが入り、自分は病院へ向かいました。もう既に一恵は意識のない父が眠るベッドの横にいました。その後、連絡を受け東京からも明男が来ましたが、同じように三人はまともな家族のような会話はせず、時間だけが過ぎていったと記憶しています。

途中、先生から説明を受け、（これはもうダメだ）と誰かが判断して、明男はそのまま東京へ帰らず、こちらに残ることにしました。

父は入院期間約一カ月で亡くなりました。

父は葬儀屋さんの寝台車で無事に運ばれたので、自分たちはいったん家に帰り寝ました。

翌日の朝、経験したことのないお葬式の準備に入るのでした。いつになく三人の空気は人に見せられるものではなく、自分は自分の部屋がある二階へ閉じこもりました。思った通り、二人が自分を下の部屋へ呼び寄せることすらなく、また時間だけが過ぎていきました。

下からは、(ああでもない、こうでもない)といった感じに打ち合わせなのか何か分からない声が漏れてきていました。

しばらくすると、一恵が階段を上がってきて、

「涼太、饅頭買いに乗せてって。あんたは運転だけしてくれれば、あとは私たちだけで買い物するから」

と。一恵は車の免許は持たず、明男も都会暮らしのため、「自分の車はもう必要ない」と免許証を返納していました。

ここは反抗する必要もないので、一恵の言う通り運転手を引き受けました。

自分が運転し、二人が後部座席に乗り、出発。

「どこの店?」

自分が言うと、一恵が、

「○○通りの和菓子屋に行ってほしい」

「じゃあ、□□屋の角から入ればいいか?」

すると、明男が自分に怒鳴りました。

「バカぁ〜〜」

とたんに一恵が、

「なに、明男っ、なに怒ってんのぉ〜」

「コイツがこんなバカな質問するからいけねえんだろう」

何が起こったのか、自分にはわけが分かりませんでした。

一恵はオドオドして明男の隣で何もできず、突然怒鳴られた俺は、(俺の今の言葉のどこにおまえを怒らせる単語があったか)と数秒考えました。これをカオスと世間は言うのか?

それから無言の空間となり、ほどなくしてその和菓子屋の前に着きました。買い物が大事でこちらの車なんかはどうでもいい二人は、自分が駐車場に車を停めるより先に、降りて店に入って行きました。

(明男、覚えてるか？　お前が小三の時、今と同じようなフレーズで俺を車から突き落として俺の右腕が折れた事……)

自分は、それまで溜めていた息が一気に漏れたのでした。

あのときの「バカぁ〜〜〜」という明男の大声がまだ、今現在でも耳の奥に残っています。

次の日、朝からその日の通夜の打ち合わせのため三人は葬儀場へ向かいました。

車で葬儀場の手前まで近づくと、ビシッと張りのある黒いスーツを身にまとった人が深いお辞儀で出迎えてくれました。

まったくもって弱点の見つからない礼儀正しい作法で場内へ案内された自分は、(あぁ〜、ここで父とお別れをするんだなぁ) と改めてしみじみ思いました。

仲の良くない者同士が一つのことに集中している様というものが、久しぶりにそこにはありました。(本当にそうか？)

担当の方から改めて挨拶があり、隅の部屋へ誘導され、通夜・告別式の流れのすべての説明を一から受けました。

喪主となる明男は、ふだん家の中で自分を罵倒するときのそれとは違い、穏やかな口調で相槌を打ったりして、担当の方の話を聞いていました。

(なんだっ、人前ではかしこまった態度しやがってっ、そんな特技があるなら家の中でもやってみろっ)

俺は本気で心の中で呟いていていました。

そして、一段落すると三人は控え室に案内されました。担当の方が部屋から去ると明男は「ふぅ〜〜〜っ」と一息吐くと、もとの人格に戻ったのか、見慣れた目つきとダラケた態度をとるようになりました。そしてまた、三人で無言の時間を過ごすのでした。

息苦しいその時間を何時間か過ごした頃、入口付近から声が聞こえてきました。親戚の一組目の人たちが葬儀場に到着したようです。みんなに挨拶をしに廊下辺りに出て、自分は一番後ろで静かにお辞儀だけしていました。

予定通り通夜が行われました。家族葬を選んだので限られた人数ではありましたが、けっこう人が多かったように自分には感じられた中、葬儀場のベテランの偉い人が担当してくださったので、滞りなく進められました。

親戚の人たちがいったん帰り、明男の奥さんと子どもも「近くのホテルを予約しているから」と言い残し、葬儀場を後にしました。

秋の夜、外はとっくに暗く肌寒かったと記憶しています。

そして控え室にはいつもの通りの嫌な空気感しか出せない三人が残っていました。

「おい、なんかやり残したこと、ねえよなぁ……。明日、大丈夫よなぁ……」

と明男。

「うん、いいんじゃない？　タクシー呼んだから、あと十分ぐらいで来るって」

と一恵。そして明男が、

「あっ、おいっ、明日のお坊さんのお車代ってさぁ……。おいっ、涼太っ、おまえ、ちょっと、向かいのコンビニでカネ壊してこいっ」

「はぁっ？　今から？　俺がぁ？」

「そうだよっ、当たり前だろっ、ほれっ、一万円っ、適当にほしいモノ買ってもいいからっ」

「ほしいものとか、そういう問題じゃなくて、あんたたち今からタクシーで帰るんだろう、で、また明日の朝ここに戻ってくるんだろう、なら、俺が今お金を崩す必要あるんか？」

「違うわぁ、おまえが今行って用意するんだよっ。なんだおまえ、今日帰らないのかっ」

「おまえたちは帰れ、俺はここに残る」

と俺。

結局、話しても埒《らち》が明かないので、あの異常とも思える明男に言われるがまま俺は向かいのコンビニに行き、お金を崩しました。

それから控え室に戻ると、何分もしないうちに葬儀場の警備員の方が、「お帰りのタクシーが着きましたよ」と仰ったので、明男と一恵は帰宅の準備ができると、ほとんどこちらを振り向くことなく帰って行きました。

警備員の方が自分に気づくと、

「あっ、残られますか？　あまり無理はなさらないでくださいね。明日もありますし、お線香などは私どもがしっかり交代制で責任をもって管理させていただきますから」

と、相当年上であるにもかかわらず自分に丁寧に仰いました。

その夜、途中一時間ほどは仮眠を取りましたが、ほか、ずっと祭壇がある部屋の一番前のパイプ椅子に腰かけ、黒いスーツの窮屈なボタンに閉じこめられ、前を見続けていました。

最期まで一番大事なことを相談できなかった俺は、なにやらテレパシーで会話するかのように、目の前に眠る父に相談し続けていました。（こんなに寝ずに問いかけているんだから、今日の告別式が終わって俺が家で疲れて寝たら、その答えを夢で見せてくれないか？）とまで思っていました。

エアコンの温度調整がちょうど良すぎたせいか、暑くも寒くも涼しくもなく何も肌に感じない時間が長時間続いていました。

少しずつ窓から光が入り込んできて、朝が近づいてきていることに気づき始めた頃、あの礼儀正しい警備員さんが仰った通り、別の警備員さんが代わって入ってこられました。

「あれあれっ、お疲れでしょうに、まだ告別式までお時間がありますから少しお休みになっては？」

と、こちらの方もさすがの礼儀正しい朝のご挨拶で、でも少しばかりの世間話をした後、また自分はそこで座って、時間を過ごしました。

朝が来て、明男と一恵との打ち合わせに何も加わらなかった自分は、知識もうっすらなまま告別式に最前列で出席し、無事に終えることができました。

火葬も終え、一段落する間もなく自宅に戻り、そのまま初七日法要が行われました。葬儀場と比べ、出席する人の数もずいぶん減ったので、ほとんど寝ていなかった自分は緊張感も抜け、少々の睡魔に襲われていました。

お坊さんが鳴らす「おりん」にときどき『ビクッ』とするほどでした。

でも、「第二の地獄」はまだこれからだったのです。

少し長く感じた法要も終わり、その日は三人とも疲れたので、早く寝てしまいました。

翌日の朝、下の階から「ぎゃーぎゃー」騒ぎ声が聞こえ、目が覚めました。本当にいくつになっても落ち着きのない明男でした。騒ぎの内容は、この家の光熱費の支払いを全部涼太に切り替えろだとか、父の携帯電話や車を一刻も早く解約しろだとか、父の金庫の中はどうなっているだとか、さまざまでした。

(大事なことだということは分からんでもないが、とにかくおまえは……。もっと穏やかに順序を追って俺たちと会話できないのか?)

心の中で叫びました。

しばらくして、下の階に呼ばれ、下りて行きました。

すると、明男が言いました。

「おいっ、おまえの携帯の料金、おまえが払ってるのか？」

「そりゃあ払うだろう」

「親父は親父で払ってるのか？」

「んああ（そうだ）」

「おまえはおまえで払ってるんだなぁ〜？」

「そうだって、当たり前だろう」

「当たり前なわけねえだろう、コノヤロウ〜〜」

声の調子が一気に変わり、いわば恫喝《どうかつ》ともいえる口調でした。

そして結局また、この男の命令に従い、その日の昼には親父の携帯電話の解約をしに出掛けることに。そして一恵が「私もついていく」と言うので、別についてこなくても良かったのですが、後部座席に乗せ出発しました。

俺がイライラしていることに気づいていた一恵が後部座席から、

「あの子も一生懸命やってんだから、分かってやりなさい」

と俺を抑えようとしました。必ず明男の味方をする一恵に、俺はイライラしていました。

次に、

「そんな急いで携帯電話解約しにくる必要もなかったでしょうに」

とここでまた、トンチンカンなことを口にしたので、ブチっとキレました。

「だからそうだよ。急ぐ必要ないんだよ。携帯電話なんて支払いは月ごとだから、今日急いで解約しなくたって、明日でもあさってでも来週でも同じなんだよっ。それをアイツが(今すぐ行けよ)とか言ってんだよぅ。この一時間がなきゃ、あんたたちだって家でほかのことを相談しあったりできたんじゃねえのかぁ、俺は蚊帳の外でもいいけどなぁ」

少し強ばった顔をした後、一恵は「一時間もかかる?」と訊くのです。

(会話がかみ合わない)

車の免許も持たない携帯も契約したことのない一恵は、そういった機器の契約や解約の手続き、そもそもの待ち時間さえ気にしたこともなく生きてきたので……それが悪いとは言いませんが、(知らないのなら、黙ってろ)と、そのときはキレたんです。

世間を知らなすぎる。

「そこでおとなしくしてろっ」

と吐き捨て、自分は店の中に入りました。

父の携帯電話の解約の手続きを終え車に戻ると、一恵が言いました。

「あんたっ、明男に服従する気はないの？」

「はぁぁぁっ？　あんた自分が何言ってんのか分かってんのか？　俺はアイツの奴隷かぁ？」

家に戻ると、明男はコーヒーを飲んでいました。俺のイライラはどうにも止まりません。

リビングのいつも俺が座る椅子に明男が座り、少し離れたところにあった背もたれなしのパイプ椅子には、何やら明男が作った書類が載っていたので、ソレをテーブルの上にどけて座ろうとしたそのとき、

「おいっ、俺がせっかく作った書類……」

と明男。俺は、

「人が座る椅子だろう。そもそもおまえがそこに座ってるからダメなんだろう」

そこへ一恵が加わって、

「二人ともやめなさい」

（あんたが昔からしっかり躾しなかったから、勝手なことばっかり言ってんだよ、この男は……）と思い、俺は嫌な空気を飲み込みました。

そして、耐えられなくなり、数分も我慢できないまま二階の自分の部屋へ行きました。明男は仕事の合間に中小企業診断士という資格を取得しようと勉強していたそうです。それも両親との電話での会話の内容を横で盗み聞きしていたため、聞こえてきて知ったことですが……。そして最終的に「今度の試験に合格しなかったら諦める」とも。

そしてめでたく不合格になったのでした。

「おおっ、よくぞ不合格になってくれた。よくぞ諦めてくれた。そんな試験に合格でもしてたら人や企業や団体に対してお前が指導する立場にでもなっていたのか……」

この国の平和のためにもその資格は絶対に明男が得てはいけないモノでした。

次の日は、登記の所有権移譲の手続きをしなくてはいけませんでした。

自分が運転する車にまた二人を乗せ、父の戸籍を取ろうと市役所へ向かいました。

市役所の職員に尋ねると、

「お父様、住所変更が何度かありますね。お生まれになったときまで順にさかのぼって、すべての役所の住所変更記録を取り寄せていただく必要があります。少々大変ですよ」

と言われ、三人とも少しびっくりしました。

明男は東京の会社に二週間の休みを申請していたため、ここで時間切れとなりいったん東京へ戻ることに。

翌日、自分は一恵と二人でその数カ所の役所へ出向いて回り、父の生誕の地までの戸籍の記録を取得することができました。

（あぁ〜、疲れたぁ〜。明男がいなくて本当に良かったぁ〜）

そしてまたその週末、明男が戻ってきました。

その日は司法書士事務所へ出向き、登記の所有権移譲の書類にサインする日です。

いつもの通り、自分は二階の自分の部屋へ避難していると、下の部屋からなにやら「サンワリ」だとか声が漏れてきました。

しばらくすると、一恵が二階に上がってきて、自分を下へ招くのでした。

嫌々ながらも、下の階へそしてリビングへ入ると、明男が、

「あのなぁ〜、おまえが死んだら……おまえが死んだらこの家は途絶えるから、この家の所有権はおまえが『七』で俺が『三』なっ」

あまりの早口で一方的に話すので、訊き返すと、

「おまえが死んだら誰がこの家守るんだぁ、だから三割だけ俺の名前入れておいて……。

俺は別にほしくないけど、いずれ俺の子どものモノにすればこの家が途絶えることはないだろう」

と、『今後もし俺が結婚でもしたら』なんて仮定の話は一切なく、はなから『おまえが死んだら』という前提だけを押しつけ、俺を黙らせてきました。

そして、明男の決めた通り、司法書士事務所でその割合を新しい登記簿に書き入れサインだけすると、明男はまた東京へ帰って行きました。

いったい何がこの家の人間関係をここまでぐちゃぐちゃにしたのか。

家相が悪いのか、もともと先祖に何かあったのか、誰か知っている人がいたら教えてくれ。

自分は幼少期から明男による暴力を受け、社会人になってからも常に暴言を吐かれ、いくら我慢してもアイツの言動は変わらなかった。明らかにこちらからの仕掛けではなく、明男からである。まるで『火のない所に火事』である。そして一恵は止めない。隠滅する。

「おい、なんで俺はアイツからこんな目に遭わされている？　そんな小さい頃に、その後ずっと殴られ続けなきゃいけないほど悪いことをしたのか？」

と俺が言うと、一恵は、

「そうじゃない？　したんじゃない？」

呆れた。

「この虐待家族がっ……」

それから明男は、何度か一人でこちらへ帰ってきましたが、その都度俺はビジネスホテルを予約しアイツと会わないようにしていました。父の月命日のときは、少し離れた所に住んでいたこともあり、明男がまったく出席していなかったのは、俺としては幸いでした。

＊

二年が経過し、父の三回忌が近づいてきました。

「来月の第一月曜日、お父さんの三回忌だから、仕事休みなさいよ」

一恵が俺に言いました。

「はぁ〜？　なんで月曜日にしたっ……三回忌なんて事前にお坊さんとスケジュール調整

してたら、ちゃんと土日で取れただろう？」

一恵はそういうことが一切できない人なんです。お坊さんが「〇月〇日の月曜日が空いていて……」と言えば、「あっ、その日でいいですよ。息子も仕事休めますから」と間髪入れずに答えてしまう人なんです。

うちの母親の嫌なところはココにもありました。昔からなので慣れてはいますが、今回までもそうくるとは想像していませんでした。

ほかの用事なら振り切って断ることもできましたが、父の三回忌ともなると怒りを抑えて、いやっ、怒ったまま会社に休暇願の連絡をすることにしました。

当然ではありましたが、上司からは、

「お父さんの三回忌？　えっ？　月曜日にやるの？　平日？」

（そりゃ、そう言われるよなぁ）と思い、母の代わりに謝り、有給休暇をもらいました。

三回忌当日の朝、明男はいません。明男は仕事を休んではいなかったのです。

なんともこの家は、俺には仕事を休ませて、明男は仕事の方が大事なのか知らないが、一恵が「あなたは休まなくていいから、仕事に行きなさい」なんて言ったのか知らないが、少しは社会人の側に立って物ごとを考えてほしい。と言うより、明男と俺にそういった形でまでも差をつけるな！

そして間もなく、親戚の人たちが二組、家に到着しました。父の兄姉の二人と母の弟夫婦です。

それだけでした。母を含め自分以外五人全員が、社会人を引退している人たちでした。お坊さんと五人のご隠居様の中に社会人が一人。ダメとは言いませんが、平日だぞ。

お経が読まれ、無事に三回忌は終わりましたが、直後に一恵は自分に、

「おじさんとおばさん送って」

仕事は勝手に休むよう決められ、当たり前のようにおじさんとおばさんのタクシー役を命ぜられ、もし俺が今回、仕事を休めないと言っていたらどう進めていたのか。

おじさんとおばさんにはなんの責任もないので、快く家まで送ってあげましたが……。

その夜だったか、一恵が、

「涼太、病院で撮ってもらったお父さんの写真持ってたでしょう……アレ、見せてっ……」

「ふざけんなっ。おまえら、あのとき、『そんなもん要らんだろう』って、バカにしたじゃねえかっ……見せるわけねえだろぉ～」

本当に嫌な家族に恵まれました。


昔を振り返ろうと、部屋の奥のクローゼットに眠っていた卒業アルバムを開きました。

小学校一年生当時の始業式の日に撮られた集合写真を見つけました。

神様、頼むから、このときからもう一回だけ人生をやり直させてくれ。

記憶だけ残して戻してくれるなら、自分でなんとかするから。

そんな、不可能な可能性を探しながら、また写真の中の小さな自分を見つけました。

それは、眉間にシワの寄った……。

このとき、確信しました。

自分は兄から、小学校に入る前から暴力を受けていたのだ、と。

周りの幼い新一年生たちは、緊張感のない（失礼）顔や、希望に満ちたクリクリっとした目の子、そしてあくび顔の子、さまざまいました。

ですが、自分だけは、

「これからこんな多人数の中に入れられ、六年間もどのように過ごせと言うのか？　誰に殴られ、誰なら助けてくれるんだ？　先生がしっかり見張っていてくれるのか？　先生は信用できるのか？」

という、新一年生が絶対に想像しているはずのないことを想像している、という顔をしていました。

恐ろしい緊張感のある顔でした。

あのとき（小学校入学当時）からの自分の『警戒心の塊のような』行動によって、それとは正反対の同級生たちから嫌われるのは不思議ではないと思えました。

そして、あのとき一恵が、繰り返し俺たちに放った言葉「芳絵ちゃんや一朗ちゃんに笑われるよ」とは……。

「アレさぁ、おかしいよ……いとこのふたり……。俺より五歳も年下の女の子とその弟なんて、幼稚園児と赤ちゃんじゃねえか。小学生のデカいやつが目の前で弟をブン殴ってんの見て、笑うわけねえだろう。自分たちもやられたらどうしようって怯えるのが普通だろ」

結局コレって、俺には分からないように、少しは判断力のかけらも芽生えてきた明男に、

「親戚がいる所ではおとなしくしてなさい。私が守ってあげるから。家では自由にやって

いいのよ」って言ってたのと同じじゃねえか。

なんだこの家……虐待家族がっ…………。

所有権が父から自分に移譲された家を、汚れたモノのように感じました。

それからやはり俺は、一恵から「明男が今度帰ってくる」と聞くと、必ず家を空けることにしました。

明男が来ることも必ず報告するように、一恵に指示しました。

『東京に住んでいる明男』と表現してきましたが、何度か転勤で大阪や愛知に引っ越しを繰り返し、また勤務先を東京に戻したことは、一恵の電話口の会話で把握していましたが、実際に住んでいるところは関東のどこなのかまったく知りません。知りたくもない。興味がない。どうでもいい。

今でも家の小屋の中には、当時父が兄に買った格闘技用の棒や三節棍《さんせつこん》・ヌンチャク・竹刀が捨てずに残されています。

母は、少し解釈を間違えた「もったいない」主義者でもあるため、「捨てる」という概念がなく、相当古いモノも残しています。あっ、小学生のときに自分や兄が使っていたと思われる野球のグローブまでもあります。いくつもの季節を越えてきてヘロヘロになって、指を入れる部位なんかはカビが生えています。

二十代のときによく行ったスキーの板は「もう行かないから捨てて」と二十数年前に言ったことをハッキリ覚えています。

そう、小屋の中にはほぼほぼ過去に使った粗大ゴミしかないんです。

ときどき、自分が洗車しようと、車用シャンプーや水道用ホースを探しに小屋の戸を開けると、竹刀や三節棍が目の前に現れるので、「イラッ」とするんです。いつか、すべてバキバキに割ってそこらへんにばら撒いてやろうかと思っていますが……。

一恵が「今度の大晦日から明男が来て一泊するから……」と言うので、「じゃあ、俺は出る」と言い、ビジネスホテルを予約。

当日の朝、俺はリビングにボイスレコーダーをオンにして隠し、家を出ました。

そして、そのときの二人の会話の実録が次の通りです。

〈ボイスレコーダーを使って二人の声を録り始めたのは父が亡くなった直後からです。その瞬間からこの身内内では兄を叱れる人が一人もいなくなり、兄が独裁者のようになり、今後は何かあったら第三者に相談することになるかもと思って、隠蔽体質の母とその人が育てた兄に対抗するには最低限声の証拠とかもあった方が安全かと思い録音し始めました。葬儀を終えてからは母が執拗に「明男と仲良くしなさい」と耳が腐るほど言ってきたり、他のご家庭では普通はあり得ないやり取りが収められています)

明男「なに、あれ（涼太）、ブチ切れとんか？　怒ったりしとんか？」

一恵「好きなようにさせときゃええって。悪いことしなきゃええって。ひねくれとるわ。ええって……。あの子が死んだら、この家はどうなるだろうね」

明男「アイツは結婚するわけないから、それは法律上は俺の娘のモノになるからいいじゃん。ここの生活費は？　ちゃんとできてるの？　年金とか、ちゃんとやってくれてる？」

一恵「……私は贅沢《ぜいたく》してないけど、贅沢してやっていける……」

明男「涼太は？」

一恵「うっ、うん、涼太もやっていけてる」

明男「涼太は今も前と同じところで働いてんのか？」
一恵「うん、働いてる」
明男「んで何、朝早いの？」
一恵「早い。四時に起きてね、家出るのが六時近く」
明男「そういう人、たくさん世の中にいるよ。それでいいんだよ。当たり前だよ」
一恵「帰ってくるのが以前は遅かったけど、最近は六時とか七時頃……。あっっ、抹茶作ろうか？」
明男「あ～？　いらんいらんいらんいらんいらん」
一恵「買ってきたから」
明男「いらんいらん」
一恵「たくさん（あの子に）言いたいことあるけど、涼太は私を憎んで憎んで、あんたも憎んどるんだわぁ」
明男「何を憎んどる？」
一恵「知ら～ん」
明男「昔のことかっ？」

一恵「昔のこと。近所のお宮……あのお宮で……」
明男「えっ？　そんなちっちゃい頃のこと怒ってんの？」
一恵「そこで落とされたんだと」
明男「涼太を？　落としてないよ俺」
一恵「落とされて家にワーワー泣いて帰ってきたんだと。それは私も知らんのだわ。全然覚えがないんだわ」
明男「それ、俺じゃないぞ。みんなと遊んでて……。んー……あれねー……友だちが落ちて……。ワーワー泣いてたのは覚えてるけど……涼太じゃないよ」
一恵「んでね、あんたが俺だけを落としたって言うんだわ」
明男「してないよぅ、そんなこと……。えぇ～？　それいつ聞いたの？」
一恵「だいぶ前」
明男「ん～？　あぁ～？　それ嘘じゃないの～？」
一恵「それに頭にきてるんだって、謝罪しないから」
明男「もう四十年も前のことを今さら言うんじゃないよ」
一恵「それこそ大怪我して障害が残ったりしていたら別だけどね」

明男「あぁ～仮に、百歩譲ってやったとしても、子どもの頃で悪気があって……。子どもの……なぁー、その……」
一恵「そんなことはどこにでもあることだ」
明男「でもさぁ……そもそもこれ……俺やってないぞぉ～。俺が落としたんじゃなくて、自分から木にぶらさがって落ちて怪我したのは覚えてるよ。……あのねぇ、ここの家建てる前の古い家の階段から突き落としたことはある。半分ぐらいの高さから落として、落としちゃったけど……。そのときは別にさぁ……怪我して……怪我してなかったし……。その……俺が悪かったけど……。もしソレで怒ってんだったらさぁ……」
一恵「ソレは何も言えへんけど、何を謝れって言うんか、身体障害者にでもなってないのに、あんな健康的な体で何を恨むんだか」
明男「知ら～ん、俺、やってないもん。やったかなぁ……。あのさぁ……やって大怪我したなら覚えてるよ。俺がそうやって相手が大怪我したならそりゃ覚えてるけど、もしやっ……たとしてもたいしたことないんじゃないかなぁ……」
一恵「それは小さい頃のことだって言うんだわっ。誰にでもあることだ」

明男「だって小さい頃だろ？　中学校？　高校……？」
一恵「あんた小学校」
明男「えぇ～？　そんなことやったかなぁ？」
一恵「もぉ、ほっときゃええ」
明男「えぇ～～～？　俺が木から突き落としたってぇ？　嘘だぁ～、そんな記憶ねえぞぉ」
一恵「そんなことはねぇ～、骨も折れとらんし医者も行ってないんだわなぁ～。ん～なもん、ええって」
明男「階段から突き落としたことはあるんだよなぁ～」
一恵「外科に行ったりねぇ、腕が外れたから、自然に外れるから行った覚えがある」
明男「それは俺がやったんだよなぁ……」
一恵「違う、ここ（肘）が外れるの」
明男「俺がやったんじゃないの？」
一恵「ええわ、ほかっておけば」
明男「そんな小さい頃のこと覚えてんのか？」
一恵「バカだわっ。あぁ～、（恨んだことを）悪かったなぁ～と思う日が来るし、ほかっておけばいい。どこにでもあることだから」
明男「それで怒ってんの？」
一恵「ええってぇ～」
明男「涼太、最近俺を避けてるからなぁ……嘘だろ～、アレっ……ちょっと待って……」
一恵「ええってぇ～。小さい頃は誰にでもあることだから、あのねっ、他人同士ならいかんけど、兄弟同士だからええの」
明男「階段からのはあるんだよなぁ」
一恵「そんなのはねぇ、身体障害者や寝たきりにでもなってないんだから、そんな健康体で『何を恨むんだ』って言うんだ、ええって、怒りたかったら怒らせておけば。もう私は最近何も言わないから。会話もしてないから」
明男「『言わない』って、**オメエ**がなんか言ったんだろう。だからアイツが言い返してくるんだろう」
一恵「いやいや、何もしゃべらない。ずっと……。で……涼太がヤクルトを配達で買うようになったんだわ。毎週九百円ぐらい、(値段が) 高っかい……だから『私がそれぐらいなら払ってやるわ～』って言って、出してあげてるわ～。まぁ……ええって。

ほかっておけば。悪いことさえしなきゃ」
明男「暗いなぁ～～」
一恵「暗い……。涼太とお父さんは仲が良かった。私とは仲悪かったけど、お父さんとは仲が良すぎた」
明男「まぁそりゃ、悪い言い方すると、親父が甘やかしたんだ。甘やかしすぎた。あぁ～、あまりモノは買い与えなかったからいいけど、何も叱らないっていうのも……問題なんだよなぁ～」
一恵「あんたも、あの、あんたもすぐに、ガァーーーーと怒るもんなぁ～」
明男「うんん……来ちゃうんだよ……なんかぁ……」
一恵「だからそれも抑えないかん。それをグッと抑えないかん。感染者、千人超えたよ」
明男「何が？」
一恵「コロナ」
明男「ここ（地元）だけで？」
一恵「うん」
明男「そんなわけないじゃん」

一恵「で、隣の〇〇市が千三百」
明男「嘘つけぇ〜、そんなにいないよぉ〜、累計でだろう？」
一恵「今までだよ」
明男「そうだろう」
一恵「あの子は、心がすさんでるわ」

なんて会話だ。

「おいっ、マザコン野郎、俺と会話するときとは違ってずいぶん穏やかな口調で話せるじゃねえかっ」

あっ、俺のこの言葉遣いの悪さはおまえのせいだけどな。

「ええ」って何がええんだ？

寝たきりにならなきゃ、何やってもいいんだってなぁ〜。

昔のことを覚えてるこっちが悪いのか？

小一で腕折られたら、どれだけ怖くて嫌な記憶が残るか分かるか？

明男が「それは俺がやったんだよなぁ」って自覚してても、一恵が適当にごまかして忘れさせようとして、「被害者は覚えてるが、加害者は忘れる」って聞いたことあるけど、本当だなぁ。

座学は『1』や『2』しか取ってなかったおまえには当然かっ……。

親父が俺を甘やかしただ？　違うだろう。明男、おまえが母親から甘やかされただけだろう。

もう五十にもなるんだから気づけよ。今さら無理かっ……。

一恵、なんでそこでもっとしっかりと叱らない？　叱れただろうが。

どうでもいい世間話、何度も挟みやがって、ヤクルトの代金？　払ってもらったことないぞ！　そんなセコイ嘘までついて自分を美化したいか？

二人とも記憶が曖昧のようだけど……。

平屋建てだった古い家に二階の追加工事をした後、階段から突き落としたんだよな。

小一の終わり頃、車から突き落とされ、右肘骨折したな。

神社でターザン遊びしたときに、おまえが強く引っ張るようみんなに号令をかけ、その勢いで、木からブチ落ちた。

明男、おまえは加害者経験は豊富にあるようだが、被害者になった経験はあるか？

一恵、おまえは世の中知らなすぎるし、親から叱られた経験がないから対処できないのか？

俺は骨を折られたし、人間不信になって友だちもできなかったし、イジメられたし、ノイローゼにもなった。

今でも一人の空間になるといつでもフラッシュバックが起こる。

夜寝ようと、ベッドの中で目を閉じれば、ほとんど毎晩のように昔のことも現在のことも目に浮かぶ。

平日のど真ん中なのに、朝が来るまで一睡もできなかったことも何度もあったから、これでは仕事どころではないと、内科で受診して睡眠薬を……そんなことも知らねえかっ。

それから毎月欠かさず内科に通い……もうこれまで何年間睡眠薬を飲み続けていると思ってるんだ。

今後も一生か？

おまえら二人がこの世からいなくなったとき、俺は解放されるのか？

答えろよ……。

これまでの睡眠薬代、全部払え！

人生返せ！

「おいっ、明男、おまえが、俺を階段から突き落としたこと、ちゃんと覚えてるからな」

家族構成

真田家

父　政春

母　一恵（旧姓・林）

兄　明男

弟　涼太

いとこ（真田家）　優子・裕二

いとこ（林家）　芳絵・一朗

著者あとがき

この作品を読んでくださった方々には本当に感謝いたします。

今回書かせていただいたことは、フィクションではありません。

兄による暴力・恫喝、ソレを隠滅して兄を守り続ける母。

自分にとって一番近い存在の人たちから、幼少期からそんなふうに扱われてしまい、中学生から心の病気に。

友だちはいない。何歳になっても変な夢を見たり、そもそも寝られなかったり。

そして、当の本人たちは過去のことをどんどん忘れていく。

こちらはすべてのことをリアルに覚えていますが……。

名前などはこちらの都合で変えさせていただきましたが、現実にあった、今も継続している現実です。

タイトルの『虐待』、コレは他人事にしてしまえば済んでしまうのかもしれませんが、小学校一年生または幼稚園児・保育園児に対し、「やられたなら自分でアピールしなさい」なんて言っても、できないんです。

できません。

絶対にできません。

見つけた人、間違いでもいいので、声に出してください。

間違いなら、「ごめんなさい、間違えました」これでいいんです。

でも、言わなくったってあなたを責めませんよ、だって、そもそものうちの家系が悪いんですから。

繰り返しになりますが、この本を読んでくださった皆様、本当にありがとうございます。

著者プロフィール

真田 涼太（さなだ りょうた）

昭和40年代後半生まれ。
愛知県出身。
地元公立高校卒業後、調理師学校卒業。
飲食店を退職した後、派遣会社・中小企業を巡り、現在営業マン。

カバーおよび本文イラスト 真田涼太

虐待

2024年12月15日　初版第１刷発行

著　者　真田 涼太
発行者　瓜谷 綱延
発行所　株式会社文芸社
〒160-0022 東京都新宿区新宿1－10－1
電話 03-5369-3060（代表）
03-5369-2299（販売）

印刷所　株式会社フクイン

ISBN978-4-286-25872-0